GOLDMANN

RUTH RENDELL
LIZZIES LIEBHABER
STORIES

Aus dem Englischen von
Cornelia C. Walter

GOLDMANN VERLAG

Die Originalausgabe erschien 1995 unter dem Titel
»Blood Lines« bei Hutchinson, London

Für Don

Umwelthinweis:
Alle bedruckten Materialien dieses Taschenbuches
sind chlorfrei und umweltschonend.
Das Papier enthält Recyclinganteile.

Der Goldmann Verlag
ist ein Unternehmen der Verlagsgruppe Bertelsmann

Deutsche Erstausgabe 6/96
Copyright © der Originalausgabe 1995 by Kingsmarkham Enterprises
Copyright © der deutschsprachigen Ausgabe 1996
by Wilhelm Goldmann Verlag, München
Umschlaggestaltung: Design Team München
Umschlagfoto: AKG/Lessing
unter Verwendung eines Motivs vom Claude Monet
Satz: deutsch-türkischer fotosatz, Berlin
Druck: Elsnerdruck, Berlin
Verlagsnummer: 43308
AB · Herstellung: Heidrun Nawrot
Made in Germany
ISBN 3-442-43308-8

3 5 7 9 10 8 6 4 2

Inhaltsverzeichnis

Blutsbande

»Ich glaube, Sie wissen, wer Ihren Stiefvater umgebracht hat«, sagte Wexford.

Er sagte es beiläufig über die Schulter hinweg, als er schon fast an der Tür war. Ein rascher Abgang war allerdings unmöglich, weil er beim Aufstehen nicht nur den Kopf einziehen, sondern sich auch noch tief bücken mußte. Das Mädchen, mit dem er gesprochen hatte, war relativ klein, auch ihr Freund war keine einssiebzig. Andernfalls, dachte er, wäre das Leben hier im Wohnwagen ziemlich unerträglich gewesen. Da er in der Tür feststeckte und sie keine Antwort gab, fügte er hinzu: »Sie haben doch nichts dagegen, wenn ich in ein paar Tagen wiederkomme und wir uns noch mal unterhalten.«

»Mir bleibt ja wohl nichts anderes übrig, oder?«

»Sie sind nicht dazu verpflichtet, Miss Heddon. Es steht Ihnen frei, nein zu sagen.« Eine aufrechte Haltung hätte dem Ganzen etwas mehr Würde verliehen, doch über Würde machte sich Wexford jetzt keine Gedanken. Er schlug einen ernsten, aber sanften Ton an. »Aber wenn es Ihnen nichts ausmacht, setzen wir unser Gespräch am Montag fort. Ich habe das Gefühl, Sie wissen viel mehr, als Sie mir gesagt haben.«

Darauf antwortete sie mit einer jener Standardphrasen, die immer ihr Gegenteil bedeuten. »Keine Ahnung, von was Sie reden.«

»Das ist einer Person von Ihrer Intelligenz aber unwürdig«, erwiderte er voller Überzeugung.

Er machte die Tür auf und kletterte halbgebückt ins Freie. Anders ging es nicht. Erleichtert stellte er beide Füße auf den Erdboden, brachte seinen Kopf in Sicherheit und richtete sich zu voller Größe auf. Sie war ihm gefolgt und blieb nun an der offenen Tür stehen, eine hübsche, etwa zwanzigjährige junge Frau, die aber mit ihrem hüftlangen Haar und der weißen Schulmädchenbluse jünger wirkte.

»Also, dann bis Montag«, sagte Wexford. »Sagen wir, so um drei?«

»Wie Sie wollen.« Mit einem Anflug von Humor fügte sie hinzu: »Sie kommen sich hier drin bestimmt vor wie ein Rottweiler im Hasenstall.«

Er lächelte. »Da haben Sie vielleicht recht. Mein Biß ist allerdings schlimmer als mein Gebell.«

Vermutlich um dies erst einmal zu verdauen, machte sie ohne ein weiteres Wort die Tür zu. Er bahnte sich mühsam einen Weg zum Wagen zurück, wo Donaldson wartend am Steuer saß. Ein Schotterweg diente als notdürftiger Pfad quer über den schlammigen Acker. Vor dem grauen, undurchdringlichen Gestrüpp waren im kalten Nebel gerade noch die Umrisse eines zum Cottage umgebauten Eisenbahnwaggons auszumachen. In der Woche seit Tom Peterlees Tod hatte es gegossen wie aus Kübeln, und die grauen Haufenwolken am Himmel versprachen weitere Regenfälle.

»Wir leben in einer Wohnwagenkultur, Steve«, wandte er sich an Donaldson. »Als Wohnung, meine ich, nicht als bewegliche Campingbehausung. Da drüben sind noch zwei – fahrende Erntearbeiter, nehme ich an. Der auf dem

Eckgrundstück hier oben steht schon mindestens zwei Jahre da und beherbergt meines Wissens vier Personen, einen Hund und einen Hamster.«

»Das wäre nichts für mich, Sir. Obwohl – als wir frisch verheiratet waren, meine Frau und ich, und bei ihrer Mutter wohnten, da hätte ich Gott auf den Knien gedankt für einen Wohnwagen.«

Wexford nickte zustimmend aus dem Fond. »Fahren Sie doch kurz bei Feverel vorbei, ja? Ich will mich gar nicht groß aufhalten, nur mal sehen.«

Die Straße von Kenhurst verlief von Süden in Richtung Edenwick und Kingsmarkham. Regen fiel auf die Windschutzscheibe, als sie den Ortsrand von Edenwick erreichten und auf die kurze Dorfstraße gelangten. Als der Wagen hinter den letzten Häusern um eine scharfe Kurve bog, tauchte Feverels Anwesen auf.

Der Laden neben der Farm war zwar immer noch geschlossen, doch pries ein Holzschild neben dem Tor Äpfel, Birnen, Pflaumen und Walnüsse zum Einmachen an. Wexford ließ Donaldson anhalten, und sie blieben ein paar Minuten stehen. Heather Peterlee sollte ihn ruhig sehen. Das konnte nicht schaden. Zum x-ten Mal besah er sich den Schuppen, in dem der Laden untergebracht gewesen war, die anderen Holzbauten, das Haus selbst und den obligatorischen Wohnwagen.

»Sie wird Mühe haben, das zu verkaufen, Sir«, sagte Donaldson, als könnte er Gedanken lesen. »Den Leuten ist nicht recht wohl bei der Vorstellung.«

»Der Mord fand in der Küche statt«, raunzte Wexford ihn an, »nicht in dem Ding da.«

»Für manche Leute kommt das aufs gleiche heraus«, erwiderte Donaldson vielsagend.

Das im viktorianischen Stil erbaute Haus war in einem blassen steingrauen Farbton verputzt, den der Regen jedoch in ein schmutziges Grüngrau verwandelt hatte; ein unerbittlicher, freudloser Bau mit je einem Fenster zu beiden Seiten der Haustür, die sich haargenau in der Mitte befand. Im Obergeschoß waren drei Fenster. Keine Veranda, kein Balkon, nicht einmal ein Spalier unterbrachen die Monotonie der Fassade. Das flach abfallende Dach war aus mattgrauem Schiefer. Wohnhaus und Laden waren durch eine knapp zehn Meter breite trostlose, stellenweise mit struppigem Gras bewachsene Kiesfläche voneinander getrennt. Dazwischen stand etwas zurückversetzt auf einer Betonplatte der Wohnwagen, und dahinter erstreckten sich die zum Anwesen gehörenden Gärten, die von hier aus nur wie ein riesiger Kohlacker aussahen. An ein paar Walnußbäumen hing noch Laub, aber die Blätter waren bereits braun verfärbt und schlaff.

Mit dem verriegelten Vorhängeschloß an den Flügeltüren, den verrammelten Fenstern und ohne die Stände mit den Auslagen davor wirkte der Laden eher wie eine baufällige Hütte. Ein Stück Wellblech, das als Dach gedient hatte, hatte sich gelöst und schlug im aufkommenden Wind rhythmisch auf und ab. Ein trostloser Ort. Man konnte sich ohne Mühe vorstellen, daß hier ein Mensch totgeprügelt worden war. Angewidert erinnerte sich Wexford an die kleine Menschenmenge, die sich vorige Woche vor dem Tor versammelt hatte. Glotzend hatten sie vor dem Haus gestanden – teilweise stundenlang – oder in der Autoschlange gewartet, daß etwas Dramatisches geschah. Einige dachten sicher daran, wie sie vor ein paar Tagen erst vorbeigekommen waren, um einen halben Zentner Maris Bards, ein paar Pfund Cox Orange oder einen von Heather Peterlees tiefgefrorenen Apfelkuchen zu kaufen.

Als Donaldson den Motor wieder anließ, kam ein Hund hinter dem Haus hervor und fing im Hof an zu bellen. Der schwarze Spaniel war allerdings nicht so gutmütig, wie man es von dieser Rasse kennt. Wexford hatte die Zähne bereits durch seinen Jackenärmel zu spüren bekommen, wenn auch kein Blut geflossen war.

»Ist das nicht der Hund, Sir?«

Alle kannten die Geschichte, auch die, die nur indirekt damit zu tun hatten. Wexford bestätigte, daß es sich tatsächlich um Scamp handelte. Das arme Geschöpf hatte seine Stimme wieder; damals hatte es ununterbrochen die Schaulustigen angebellt, bis seine Stimmbänder es im Stich gelassen hatten.

Wexford wollte noch schnell bei den Nachbarn vorbeisehen, falls man ein durch Felder und Gestrüpp fünfzig Meter weit entfernt gelegenes Haus als Nachbarn bezeichnen konnte. Bei Joseph Peterlee, der einen Baumaschinenverleih betrieb, brachte ein Kunde gerade eine Schaufelmaschine zurück, an deren riesigen Rädern eine halbe Tonne Kalklehm aus dieser Gegend zu hängen schien. An dem Gespräch zwischen ihrem Mann und dem Fahrer, das auf einer betonierten Einfahrt voller Risse, Löcher und mittlerweile auch Pfützen stattfand, beteiligte sich auch Mrs. Monica Peterlee in ihrem ewiggleichen Aufzug aus Gummistiefeln und geblümter Kittelschürze. Über sich hatte sie einen grünen Schirm aufgespannt. Das sind also die *dramatis personae*, dachte Wexford bei sich; fehlt nur noch jene, die – in Umschreibung einer Sentenz von Kipling – zum erwählten Gatten zurückgegangen war, wie es sich gehörte, und jene, die weiß Gott wohin gegangen war.

Weshalb war er sich so sicher, daß Arlene Heddon die Antwort kannte? Mike Burden, sein zweiter Mann bei der Kriminalpolizei von Kingsmarkham, bemerkte verächtlich, sie sei jedenfalls attraktiver als die Schwägerin und die Witwe. Mit seiner typischen Abneigung gegenüber Leuten, deren Lebensführung sich eklatant von seinen eigenen Vorstellungen unterschied, äußerte er sich ziemlich vernichtend über »die junge Peterlee«, so als könne die Tatsache, daß sie keine Arbeit und kein richtiges Dach über dem Kopf hatte, sie schon zur Mordverdächtigen machen.

»Ihr Name«, bemerkte Wexford ziemlich mürrisch, »ist Heddon. So hieß ihr Vater. Heather Peterlee, falls Sie sich erinnern, war vor ihrer zweiten Heirat eine Mrs. Heddon.« Und obwohl er sich fragte, weshalb er sich eigentlich um Burdens absurde Vorurteile scherte, fügte er hinzu: »Sie war übrigens verwitwet.«

Burden konterte blitzschnell: »Woran ist ihr erster Mann denn gestorben?«

»Du lieber Himmel, Mike, an irgendeiner Knochenkrankheit. Das haben wir doch schon durchgekaut. Aber um noch mal auf Arlene Heddon zurückzukommen: Sie ist eine hochintelligente junge Frau, wissen Sie.«

»Ich weiß gar nichts. Sie machen wohl Witze. Intelligente Mädchen leben doch nicht auf Stütze in einem Wohnwagen mit arbeitslosen Schweißern zusammen.«

»Sie sind vielleicht ein Snob.«

»Mit verheirateten Schweißern! Ich bin nicht bloß ein Snob, sondern auch ein Moralapostel. Intelligente Mädchen sind gute Schülerinnen, studieren, besorgen sich eine geeignete, gutbezahlte Stelle und kaufen sich mit einem Bankkredit ein Haus.«

»Na, irgendwie ist dieser Zug für Arlene Heddon ja abgefahren. Jedenfalls habe ich nicht behauptet, sie hätte akademische Ambitionen. Sie ist ziemlich helle, ein ganz schön schlaues Köpfchen.«

»Und ihre Mutter, die zweifache Witwe, ist die das Genie, von dem Arlene ihren IQ geerbt hat?«

Es war weder der rechte Zeitpunkt noch der rechte Ort, um den Mord zu besprechen, doch als Burden am Samstagabend bei Wexford zu Hause auf einen Drink vorbeikam, kehrte das Gespräch unweigerlich immer wieder zu den Peterlees zurück, und zwar in solchem Ausmaß, daß Wexford vorschlug, die Ereignisse noch einmal Revue passieren zu lassen. Dora, seine Frau, war zwar ebenfalls im Zimmer, saß jedoch still in ein Buch vertieft am Fenster. Anders als sonst schlug Wexford Burden nicht vor, sich mit ihm irgendwohin zurückzuziehen, wo sie unter sich waren.

»Korrigieren Sie mich wenn nötig bei den Einzelheiten«, begann Wexford, »aber Sie werden mir doch zustimmen, daß es sich ungefähr so abspielte: Am Donnerstag, dem zehnten Oktober, machte Heather Peterlee wie gewöhnlich um neun Uhr morgens den Laden auf. Im Angebot hatten sie Produkte aus eigenem Anbau, außerdem etwas exotischeres Obst und Gemüse, das sie dazukauften. Heathers Schwägerin Monica half ihr wie immer beim Aufbauen, und Heathers Mann Tom arbeitete draußen und fuhr um die Mittagszeit das Gemüse, das er morgens geerntet und gepflückt hatte, mit dem Traktor zum Laden.

Mittag gegessen haben sie im Laden, der in der Zeit geöffnet blieb, und um drei Uhr kam Joseph Peterlee mit dem Wagen, um seine Frau abzuholen und mit ihr in

Kingsmarkham einzukaufen. Tom und Heather bedienten noch bis fünf im Laden, dann gingen sie nach Hause, und Heather machte Abendessen. Tom hatte die Tageseinnahmen mitgenommen, um sie im Safe zu deponieren, ließ die Geldscheine dann aber in der Küche auf der Kommode gegenüber der Außentür liegen. Es handelte sich dabei um einen Betrag von zirka dreihundertsechzig Pfund. Das Geld legte er also auf die Kommode und seinen Fotoapparat im Etui obendrauf, wahrscheinlich damit es die Scheine nicht fortwehen konnte, wenn jemand die Tür aufmachte. Dann ging er zum Wohnwagen hinüber, um mit Carol Fox, die seit dem Sommer dort wohnte, etwas Geschäftliches zu besprechen. Es ging dabei um die Frage einer Mieterhöhung.«

»Tom Peterlee wurde doch nicht wegen dreihundertsechzig Pfund umgebracht«, meinte Burden.

»Nein, aber gewissen Leuten liegt sehr daran, daß wir das glauben. Wir können nur spekulieren, weshalb er überhaupt getötet wurde. Er war offensichtlich allgemein beliebt. Alle möglichen Leute …«, Wexford zögerte, »loben ihn – sozusagen – über den grünen Klee. Nach allem, was man so hört, war er in jeder Hinsicht ein Musterknabe, der ideale Gatte, gutmütig, freundlich, unbestreitbar gutaussehend. Sogar auf dem Obduktionstisch sah er noch gut aus – entschuldige, Dora. Aber weiter. Sie aßen um halb sechs zu Abend. Inzwischen teilte Tom seiner Frau ihrer Aussage nach mit, man habe sich freundschaftlich über die Miete geeinigt. Carol wollte weiter dort wohnen und hatte eingesehen, daß sie zu wenig zahlte …« Dora unterbrach ihn. »Ist das nicht die Frau, die ihren Mann verlassen hat, und der Heather Peterlee den Wohnwagen angeboten hat, weil sie sonst nirgends untergekommen wäre?«

»Anscheinend eine alte Freundin von Heather. Heather gab an, Carol habe zu Tom gesagt, sie käme in einer Stunde vorbei, um sie bei einem Spaziergang mit dem Hund zu begleiten. Nach dem Essen ging Heather immer mit dem Hund spazieren, und Carol hatte sich angewöhnt, mitzukommen.

Heather wusch das Geschirr, Tom trocknete ab. Wie schon gesagt – der ideale Gatte. Später ging er in die Hütte und holte einen Korb Feuerholz für die beiden Öfen in der Küche und im Wohnzimmer.

Um zwanzig nach sechs klopfte Carol an die Küchentür und kam herein. Es regnete zwar noch nicht, sah aber ganz danach aus, und Carol trug bloß eine Strickweste. Heather meinte, sie solle doch eine von den wasserdichten Jacken anziehen, die hinter der Küchentür hingen, und Carol nahm sich eine hellbraune.«

»Komisch, finden Sie nicht?« warf Burden ein. »Sie hätte sich doch ihren Mantel aus dem Wohnwagen holen können. Ausgerechnet eine Frau wie sie, die so auf ihr Aussehen achtet, meine ich. Aber vielleicht war es ihr egal, sie ging ja bloß mit einer anderen Frau spazieren. Es war ein trüber Abend, und sie würden bestimmt niemandem begegnen.«

Dora warf ihm ein rätselhaftes Lächeln zu, sagte aber nichts. Ihr Mann fuhr fort: »Sie erinnern sich, außer dem Haus wurde auch der Wohnwagen durchsucht, und dabei stellte sich heraus, daß unter den Kleidungsstücken von Carol Fox kein Regenmantel war. Sie hat behauptet – und Heather hat es bestätigt –, sie würde sich immer einen von Heather ausleihen. Sie machten mit dem Hund einen Spaziergang über das Feverel-Grundstück und nahmen dann den Weg über die Wiesen zum Fluß hinunter. Als sie aus dem Haus gingen, war es zwischen zwanzig nach sechs und halb sieben, es würde also noch etwa eine halbe Stunde lang hell bleiben. Was Tom während ihrer Abwesenheit getan hat, wissen wir nicht und werden es wohl nie erfahren. Fest steht nur, daß er das Geld nicht in den Safe gelegt hat.

Um etwa zehn vor sieben wurde Arlene Heddon von ihrem Freund mit dem Kombi zu Feverel gebracht.« Wexford sah Burden stirnrunzelnd an. »Von Gary Wyatt, dem arbeitslosen, verheirateten Schweißer.«

»Arlene und Gary haben kein Telefon, und Arlene hatte von ihrer Großmutter eine Nachricht bekommen. Sie wohnt bei ihr auf dem Grundstück. Es ist natürlich nicht ihre richtige Großmutter, aber sie nennt sie Oma.«

»Die alte Hexe«, sagte Dora. »So nennen sie die Leute. Sie ist stadtbekannt.«

»Ich glaube, sie ist gar nicht so alt wie sie aussieht, und eine Hexe ist sie bestimmt nicht, obwohl sie den Eindruck erwecken will. Als Mutter von Joseph und Tom ist sie sicher nicht älter als fünfundsechzig, und ich behaupte, nicht einmal das. Mrs. Peterlee senior teilte Arlene also mit, ihre Mum habe ihren Pulli fertiggestrickt und falls sie ihn bis Freitag haben wollte, sollte sie ihn sich abholen. Sie schlage vor, so um acht. Die Großmutter bot Arlene an, sie selbst hinzufahren, weil sie sowieso zu ihrer Versammlung im Klub der Konservativen nach Kingsmarkham mußte – ohne Witz, Dora –, aber Arlene lehnte ab, weil sie und Gary erst noch eine Kleinigkeit essen wollten. Gary würde sie dann etwas später mit dem Kombi hinbringen. »Gary hatte um halb sieben auch etwas vor. Er brachte sie zu Feverel, so daß sie über eine Stunde früher dort war, als ihre Mutter vorgeschlagen hatte. Er

16

fuhr dann weiter, um sich mit seinen Kumpels auf einen Drink im *Red Rose* in Edenwick zu treffen. Das hat allerdings niemand bestätigt. Weder der Wirt noch die Bedienung an der Bar können sich an ihn erinnern. Ganz im Gegensatz zu den Zeugen der alten Hexe. Ihre Anwesenheit fiel anscheinend dermaßen auf, daß sich jeder Tory von Kingsmarkham daran erinnert, sie an dem Abend im Tagungsraum des *Olive and Dove* Hotels gesehen zu haben. Allerdings erst bei Beginn der Versammlung um halb acht. Wo ist sie in den anderthalb Stunden davor gewesen?

Gary versprach Arlene, sie in einer Stunde wieder abzuholen. Arlene ging hinten ums Haus herum und betrat es durch die Küchentür, die nicht abgeschlossen war. Als Tochter des Hauses klopfte sie nicht an oder machte sich durch Rufen bemerkbar, sondern ging einfach hinein.

Auf dem Fußboden in der Küche entdeckte sie die Leiche ihres Stiefvaters Tom Peterlee, der mit dem Gesicht nach unten und einer Wunde am Hinterkopf dalag. Sie kniete sich hin und berührte sein Gesicht. Es war noch warm. Sie wußte zwar, daß es im Wohnzimmer ein Telefon gab, doch aus Angst, der Täter könnte noch im Haus sein, ging sie nicht hinüber, sondern rannte wieder hinaus, weil sie hoffte, daß Gary noch nicht weggefahren war. Als sie sah, daß er bereits weg war, lief sie die hundert Meter zu Mr. und Mrs. Joe Peterlee hinüber und rief die Notrufnummer an.

Joe Peterlee war nach Angaben seiner Frau nicht zu Hause. Arlene – das ist jetzt alles Arlenes Aussage, teilweise bestätigt von Monica Peterlee – Arlene bat sie also, sie zurückzubegleiten und mit ihr auf die Polizei zu warten, aber Monica hatte Angst, und so ging Arlene allein zurück. Ein paar Minuten später – inzwischen war es fünf nach sieben – kamen ihre Mutter und Carol Fox von ihrem Spaziergang mit dem Hund zurück. Arlene erwartete sie draußen vor dem Hintereingang.

Sie bereitete sie schonend auf den bevorstehenden Anblick vor. Heather stieß schreiend die Tür auf, rannte in die Küche und warf sich über die Leiche. Als Arlene und Carol sie wegzerrten und ihr aufhalfen, fing sie an, mit ihrem Kopf und ihrem Gesicht gegen die Küchenwand zu schlagen.

Burden nickte. »Diese beiden – wie sollen wir sagen? Akte der Hysterie? Ausdruck von Trauer? – erklären das Blut auf der Vorderseite ihrer Jacke und die schlimmen Schürfwunden im Gesicht. Sie kommen zumindest als Erklärungen in Frage.«

»Die Polizei kam und vernahm sofort alle Beteiligten. Natürlich hatte niemand irgendwelche verdächtigen Gestalten in der Nähe des Anwesens gesehen. Immer dasselbe. Joe Peterlee hat bisher noch nicht überzeugend erklären können, was er zwischen zwanzig nach sechs und zehn vor sieben getrieben hat. Ebensowenig Gary Wyatt und Arlenes Großmutter. Das Geld war weg. Eine Waffe gab es nicht. Im ganzen Haus wurden keine Fingerabdrücke gefunden außer denen von Tom, Heather, Carol Fox und Arlene. Der Pathologe meint, Tom sei zwischen Viertel nach sechs und Viertel nach sieben umgekommen. Der Zeitraum ließe sich noch weiter einschränken, wenn man Arlene glauben könnte. Sie erinnern sich: Sie sagte, als sie ihn um zehn vor sieben fand, fühlte er sich noch warm an. Vermutlich lügt sie. Ich glaube, jedes Wort von ihr ist gelogen. Sie deckt jemanden, und deshalb werde ich mit ihr reden, bis ich herausfinde, wen. Die Großmutter oder ihren Freund oder ihren Onkel Joe – oder ihre Mutter.«

Dora rümpfte die Nase. »Ist das nicht ein bißchen geschmacklos, Reg, ein Mädchen dazu zu bringen, ihre eigene Mutter zu verraten? Das ist ja wie beim KGB.«

»Und was mit dem passiert ist, wissen wir ja«, sagte Burden. Wexford lächelte. »Vielleicht bringe ich sie ja nur dazu, daß sie ihre angeheiratete Stieftante verrät, oder ist das etwa auch verboten?«

Kurz vor zehn verabschiedete sich Burden. Er war zu Fuß gekommen, da er und Wexford nicht weit voneinander entfernt wohnten und ein Fußmarsch den Sportarten vorzuziehen war, die seine Frau vorschlug, wie etwa auf einem Heimtrainer zu strampeln oder auf einer Tretmaschine imaginäre Treppen hochzusteigen. Sein Heimweg führte ihn am York Crest Center, dem neuen, großen Einkaufszentrum vorbei. Burden mißbilligte sowohl den Namen als auch die ganze Anlage: himmelweit entfernt von dem, was Kingsmarkham einmal gewesen war, als er hierhergezogen war.

Damals gab es abends noch Leben in der Stadt, Leute gingen in den Pubs und Restaurants ein und aus, Kinobesucher und Spaziergänger waren unterwegs, damals, vor der Zeit des allgegenwärtigen Autos. Das Fernsehen, die Auswirkungen der Rezession und die Angst vor Gewalt auf den Straßen waren zusammen dafür verantwortlich, daß die Bewohner zu Hause blieben und die Stadt verlassen dalag. Alles war still und leer, aber dennoch hell erleuchtet und deshalb etwas unheimlich. Seine Schritte hallten schwach durch die Straße, und er sah, wie sich seine Gestalt in den glitzernden Schaufenstern widerspiegelte. Keine Menschenseele begegnete ihm, als er in die

York Street kam, kein Mensch stand wartend an einer Ecke oder an der Bushaltestelle. Er bog in den schmalen Durchgang ein, der am York Crest Center entlang verlief, um den Weg etwas abzukürzen, um eine Achtelmeile – ein *furlong*. Weiß heutzutage überhaupt noch jemand, was ein *furlong* ist, sinnierte der altmodische Burden weh-mütig.

Mitten in seine stille Betrachtung hinein platzte der Raubüberfall.

Es dauerte etwa eine halbe Minute, bis er begriff, was vor sich ging. Er hatte es schon einmal im Fernsehen gesehen, dachte aber, so etwas könnte nur im Norden passieren. Ein *ram raid*, ein Einbruch, bei dem Autos dafür benutzt werden, die Schaufensterscheiben kaputt zu machen. Die Wagen funktionieren quasi als Rammböcke – daher der Ausdruck. Zuerst kam ein Landrover, der auf dem gepflasterten Hof wendete und dann mit Höchstgeschwindigkeit rückwärts in die riesigen gläsernen Flügeltüren raste, mit denen das Einkaufszentrum nachts abgeschlossen war. Der Lärm von splitterndem Glas war ohrenbetäubend, als hätte eine Bombe eingeschlagen.

Der Wagen verschwand im Innern des Gebäudes, gefolgt von zwei weiteren Fahrzeugen, einem Volvo und einem Volvo-Kombi, die über die Scherben und die zertrümmerten Türen rumpelten. Burden wartete nicht ab, was weiter passieren würde, sondern nahm sein Mobiltelefon zur Hand und schaltete es ein, noch bevor die Rücklichter des zweiten Wagens verschwunden waren. Die Anzeige »Kein Service« erschien auf dem Display und auch »Kein Service«, als er es kräftig schüttelte und die Antenne heraus-zog. Es funktionierte nicht! Das war noch nie vorgekommen und ausgerechnet heute abend mußte das passieren, gerade als er einmal zur richtigen Zeit am richtigen Ort war.

Burden rannte den Durchgang entlang zum Postamt, an dessen Wand vier Telefone unter Plastiküberdachungen angebracht waren. Das erste, bei dem er es versuchen wollte, war mutwillig zerstört worden, das zweite funktionierte. Wenn er es schaffte, daß sie innerhalb von fünf Minuten hier waren, vielleicht auch zehn ... Dann stürmte er sofort wieder zurück, als ihm plötzlich einfiel, daß es ratsam wäre, nicht gehört zu werden, und er legte den Rest der Strecke schleichend zurück. In dem Moment machten sie sich aus dem Staub, der – selbstverständlich gestohlene – Landrover, an dem sämtliche Scheiben zerbrochen waren, dicht gefolgt von den beiden Volvos. Als die Streifenwagen der Polizei von Mid-Sussex schließlich eintrafen, waren sie längst über alle Berge.

Bei der Plünderungsaktion hatten es die Diebe darauf abgesehen, so viele elektronische Geräte mitzunehmen, wie sie in fünf Minuten bei Nixon im Einkaufszentrum abräumen konnten. Die Ausbeute war immens, es mußten mindestens zwölf Leute bei der Tat mitgemacht haben.

Das Telefon an der Wand am Postamt wurde repariert und am nächsten Tag, ebenso wie sämtliche Apparate daneben, erneut verwüstet. Das geschah an einem Montag, dem Tag, als Wexford seine zweite Unterredung mit Arlene Heddon hatte. Am späten Nachmittag fuhr er zu dem Wohnwagen auf dem Anwesen der alten Mrs. Peterlee. Manchmal ging Arlene putzen, nachmittags war sie aber immer zu Hause. Auf sein Klopfen hin rief sie, er solle doch hereinkommen.

Sie saß vor dem eingeschalteten Fernseher; dazu hatte sie es sich auf dem Sessel, der die gesamte gegenüberliegende Wand einnahm, bequem gemacht. Sie wirkte so entspannt, ja schläfrig, daß Wexford schon dachte, sie würde den Apparat per Fernbedienung ausschalten, die auf dem Raumteilerregal lag, der den Wohn- und Schlafbereich von der Küche trennte, doch sie stand tatsächlich auf und drückte den Knopf. Sie setzten sich einander gegenüber, und diesmal schien sie unbedingt reden zu wollen. Er stellte ihr eine Reihe neuer Fragen und ließ sie alle alten noch einmal beantworten.

Dabei stellte er fest, daß ihre Aussagen geringfügig von der ersten Version abwichen, wenn auch nur in nebensächlichen Details. Ihre Mutter hatte sich nicht über die Leiche geworfen, sondern war hingekniet und hatte den Kopf des Toten umschlungen. Gegen eine Anrichte, nicht gegen die Wand hatte sie ihren Kopf geschlagen.

Der Hund hatte beim Anblick seines toten Herrn laut geheult. Beim ersten Mal hatte sie behauptet, bei ihrer Ankunft ein Geräusch im ersten Stock gehört zu haben. Das bestritt sie diesmal und sagte stattdessen, es sei ganz still gewesen. Sie hatte bei ihrer Ankunft nicht bemerkt, ob irgendwo Geld gelegen hatte oder nicht. Nun sagte sie, das Geld sei dagewesen und die Kamera habe auf den Geldscheinen gelegen. Als sie nach dem Anruf zurückkam, sei sie nicht wieder ins Haus gegangen, sondern habe draußen auf die Rückkehr ihrer Mutter gewartet. So hatte sie es auch beim ersten Mal gesagt. Nun sagte sie, sie sei noch einmal kurz in die Küche gegangen. Die Kamera war da, aber das Geld war verschwunden.

Als Wexford sie beiläufig auf diese Ungereimtheiten hinwies, reagierte sie nicht.

Er fragte betont gleichgültig: »Nur so aus Interesse, woher wußten Sie eigentlich, daß Ihre Mutter mit dem Hund spazieren war?«

»Weil der Hund nicht da war und sie auch nicht.«

»Sie hatten Angst, das Telefon im Haus zu benutzen, falls der Mörder Ihres Stiefvaters noch da war. Haben Sie es nie für möglich gehalten, daß Ihre Mutter vielleicht ebenfalls irgendwo im Haus tot dalag? Daß Carol Fox allein mit dem Hund spazierengegangen war, wie sie es vielleicht manchmal tat?« »Ich kannte Carol nicht besonders gut«, sagte Arlene Heddon. Das war eigentlich keine Antwort. »Sie war aber doch eine alte Freundin Ihrer Mutter, nicht wahr? Ihre Mutter hat ihr doch gewissermaßen Unterschlupf geboten, nachdem sie ihren Mann verlassen hatte. Ist das kein Zeichen enger Freundschaft?«

»Seit ich siebzehn bin, wohne ich nicht mehr zu Hause. Ich kenne doch nicht alle Freundinnen meiner Mutter. Keine Ahnung, ob Carol manchmal mit dem Hund fort ist oder nicht. Ab und zu ist Tom mit ihm raus oder meine Mutter. Ich habe nie gehört, daß Carol meine Mutter begleitet hat. Wieso auch, ich habe mich nie für Carol interessiert.«

»Trotzdem haben Sie gewartet, bis die beiden von ihrem Spaziergang zurückkamen, Miss Heddon.«

»Ich habe auf meine Mutter gewartet«, sagte sie.

Wexford ließ sie allein, nachdem er versprochen hatte, am Donnerstag zu einem weiteren Gespräch wiederzukommen. Von der Großmutter war nichts zu sehen, doch als er sich seinem Wagen näherte, kam sie in ihrem Auto angefegt, holperte über den unebenen Weg, ruckte durch ein paar Mulden, schlitterte mit quietschenden Bremsen auf dem Eis, kam in einem schwungvollen Halbkreis um den Eisenbahnwaggon herum und blieb schließlich mit einem Ruck stehen.

Florrie Peterlee ging auf die Siebzig zu und sah aus wie Achtzig, benahm sich aber wie eine achtzehnjährige Irre am Steuer ihrer ersten Klapperkiste.

Es sah fast so aus, als ob sie sich mit Krallen aus ihrem Wagen arbeiten würde. Ihr weißes Haar war ebenso lang und gerade wie das von Arlene, und sie war immer in wehende schwarze Gewänder gekleidet, die bisweilen seltsam modisch wirkten. An einem Teenager hätten die Sachen schick ausgesehen. Sie hatte eine Hakennase, ein vorstehendes Kinn und leuchtend schwarze Augen. Wexford fiel auf Anhieb niemand in seinem Bekanntenkreis ein, der sich so intensiv des Lebens zu freuen schien wie Mrs. Peterlee senior. Ihre vergnügte Laune resultierte zum Teil aus der völligen Gleichgültigkeit gegenüber dem, was die Leute von ihr hielten (natürlich abgesehen von ihrem Bedürfnis, sich ihnen als Hexe zu präsentieren), zum Teil aus ihrer stabilen Gesundheit und Lebenslust. Bisher hatte sie noch keinerlei Anzeichen von Trauer über das Ableben ihres Sohnes gezeigt.

»Sie sind doch zu alt für sie«, sagte die alte Hexe.

»Zu alt wofür?« erwiderte Wexford, der sich nicht aus der Fassung bringen ließ.

»Oho, hört euch das an! Na, Sie stellen einer ehrwürdigen Seniorin aber Fragen. Passen Sie bloß auf, daß ich Sie nicht verhexe. Warum lassen Sie sie denn nicht in Frieden, das arme Seelchen?«

»Weil sie mir verraten wird, wer Ihren Sohn Tom umgebracht hat.«

»Quatsch. Die hat doch keine Ahnung. Vielleicht war ich es.« Sie starrte ihn herausfordernd an. »Seinen Vater hätte ich mal fast umgebracht. Jetzt reicht's mir, Arthur Peterlee, hab' ich gesagt, nehm' das Küchenmesser und geh' auf ihn los. Ich will nicht behaupten, daß er mich danach nie wieder angefaßt hat, der Mensch ist nun mal nicht so gebaut, aber er hat es bald drauf am Herzen gekriegt und ist abgekratzt, der arme Hund. Ich war so froh, ihn los zu sein, daß ich auf seinem Grab getanzt hab'. Ich weiß, das sagt man so, aber ich hab es wirklich getan. Ich bin mit einer Pulle Gin auf den Friedhof und hab auf dem Mistkerl seinem Grab getanzt.«

Wexford konnte sie vor sich sehen, mit fliegendem Haar, wehenden schwarzen Gewändern, in einer Hand die Flasche, das runzlige Gesicht mit Gin bespritzt, wie sie unter den knorrigen Stecheichen im Schatten der Eibe tanzte. Er runzelte die Stirn. Bevor sie Gelegenheit hatte, ihn noch weiter zu schockieren oder es zumindest zu versuchen, wollte er wissen, ob sie sich denn inzwischen entschlossen hatte, ihm zu sagen, wo sie in der entscheidenden Stunde an jenem Abend gewesen war, als ihr Sohn getötet wurde.

»Sie würden sich wundern.«

Sie meinte auch das nicht als Redensart, sondern glaubte wirklich, ihn in Erstaunen versetzen zu können. Er bezweifelte nicht, daß sie dazu in der Lage war. Sie grinste und entblößte dabei ihre ebenmäßigen weißen Zähne, nicht etwa ein künstliches Gebiß. Wenn sie ein schönes Bad nehmen, ihre üppige Haarpracht hochstecken und sich etwas passender kleiden würde, wie es sich für eine ländliche Familienmutter ziemte, könnte sie eigentlich wunderschön aussehen, schoß es ihm durch den Kopf. Über ihr Alibi, beziehungsweise das Fehlen desselben, machte er sich keine allzu großen Sorgen;

er bezweifelte, daß sie die Kraft hatte, den »stumpfen Gegenstand« zu handhaben, mit dem Tom Peterlee getötet worden war.

Er war sich ganz sicher, daß er wußte, um was für einen Gegenstand es sich handelte und was daraus geworden war. Er war innerhalb einer Stunde nach Entdeckung der Leiche am Tatort angekommen und hatte bereits vor dem Eintreffen des Pathologen die Holzsplitter in Tom Peterlees Kopfwunde gesehen. Ernüchtert hatte er dann allerdings den vollen Holzkorb neben der Küchentür und den großen Holzofen in einer Wandnische gegenüber der Haustür zur Kenntnis genommen. Man würde die Tatwaffe nie finden. Ohne es beweisen zu können, wußte er sofort, daß es sich um großes, steinhartes Eichenholzscheit gehandelt hatte, etwa dreißig Zentimeter lang, mit sieben bis zehn Zentimetern Durchmesser. Das Holzscheit war mehrmals zum Zuschlagen benutzt und dann in den Holzofen zu den anderen Scheiten in die lodernde Glut geworfen worden.

Er hatte sogar nachgesehen. Man hatte den Ofen ausgehen lassen. Was für eine Idee – zu dieser Jahreszeit ein Feuer zu machen! Blaßgrauer, feinpulveriger Staub glühte immer noch rot in der Mitte und verglomm beim Zusehen. Später hatte er die Asche analysieren lassen. Der Hund hatte während seiner Anwesenheit ununterbrochen geheult. Jemand hatte ihn in irgendein Zimmer gesperrt, doch seine langgezogenen Klageschreie verfolgten Wexford selbst noch auf dem Weg zu Joseph und Monica Peterlee.

Ihm fiel wieder ein, daß er sich die eigentlich unerhebliche Frage gestellt hatte, ob sie sich in diesem Aufzug auch an den Eßtisch oder vor den Fernseher setzte. Um neun Uhr abends trug sie immer noch ihre Kittelschürze und die schwarzen Gummistiefel. Ihr Mann war die größere und schwergewichtigere Ausführung seines Bruders, drei oder vier Jahre älter, mit stahlgrauem Haar, während das von Tom braun gewesen war, und einem fetten, schlaffen Bauch, während Tom einen flachen Bauch gehabt hatte. Unsinnigerweise schützten sie sich gegenseitig mit Alibis, nur daß Joe für die maßgebliche Zeit kein Alibi hatte. Er sei draußen beim Kaninchenjagen gewesen, sagte er, und zeigte seine Flinte und den Waffenschein.

»Die haben Tom wegen dem Geld umgelegt«, teilte er Wexford bedeutungsvoll mit. Er sagte es in einem Ton, als ob die Polizei ohne seine tatkräftige Mithilfe nie darauf gekommen wäre. »Ich hab's ihm aber gesagt. Wie oft hab' ich ihm gesagt, laß es nicht rumliegen, nicht mal eine Stunde, nicht mal am hellichten Tag. Wozu hast du den Safe, wenn du ihn nicht benutzt? Hab' ich ihm gesagt, stimmt's, Kleine?«

Seine Frau bestätigte, daß er das tatsächlich gesagt hatte. Immer wieder. Wexford hatte den Eindruck, daß sie alles bestätigt hätte. Um des lieben Friedens willen, damit er sie in Ruhe ließ. Zwei Tage später befragte er die beiden erneut und erkundigte sich diesmal nach der Beziehung zwischen Tom und Heather Peterlee.

»Ein glückliches Paar war das«, sagte Joseph. »In den ganzen zehn Jahren, wo sie verheiratet waren, nie ein böses Wort.« Später überlegte Wexford, wie Dora wohl reagiert hätte, wenn er eine derartige Bemerkung über irgendwelche Verwandten gemacht hätte. Bestimmt hätte sie irgendeine trockene Bemerkung dazu gemacht, wie »Ach, hör auf, woher willst du das denn wissen?« oder

»Du warst ja nicht als Mäuschen dabei.« Doch Monica sagte gar nichts, sondern lächelte nur nervös. Als ihr Mann sie ansah, hörte sie auf zu lächeln.

Man rechnete damit, daß die Autoeinbrecher am nächsten Samstag wieder zuschlagen würden. Stattdessen kamen sie am Freitag, als die Geschäfte im Einkaufsparadies von Stowerton Brook länger geöffnet waren, eine knappe Stunde nach Ladenschluß. Wieder brach ein gestohlener Landrover durch die Eingangstüren, gefolgt von einem gestohlenen Rangerover und einem BMW. Diesmal wurde der Diebstahl bei Electronic World verübt, doch es wurden ähnliche Sachen erbeutet wie beim vorigen Mal.

Die Männer in den drei Fahrzeugen entkamen mit Elektrogeräten im eindrucksvollen Wert von fünfunddreißigtausend Pfund. Diesmal hatte sich Burden nicht auf dem Heimweg in der Nähe befunden und auch sonst gab es keine Zeugen, da das Industriegebiet von Stowerton Brook, in dem sich das Einkaufsparadies befand, abends völlig ausgestorben und noch menschenleerer als die Innenstadt von Kingsmarkham war. Die beiden Hunde, die den nahegelegenen Baumarkt bewachten, waren einen Monat zuvor einer Razzia gegen gefährliche Hunderassen zum Opfer gefallen und eingeschläfert worden.

Burden hatte sich zur Tatzeit fünf Meilen entfernt mit Carol Fox und ihrem Mann Raymond unterhalten. Burden, der – außer bei seiner eigenen – nie besonders auf das Aussehen von Frauen achtete, fand Carol einfach nur überdurchschnittlich attraktiv. Sie war etwa Mitte dreißig, zehn Jahre jünger als Heather, hübsch gekleidet und lebhaft. Wexfords Ansicht nach gehörte sie mit ihrem leuchtendroten Haar, der strahlenden, elfenbeinfarben und rosa schimmernden Haut und den enzianblauen Augen zu der Kategorie von Frauen, die die Natur mit mehr Farbe bedacht hat als die meisten anderen. Über die künstliche Farbe, die Mrs. Fox' Lippen, Fingernägel und Augenlider im Übermaß zierte, sagte er nichts. Burden ordnete sie ein unter »Cockney, mit einer scheußlichen Stimme«. Er für seinen Teil fand sie vulgär. Sie war laut und ungehobelt, eine seltsame Freundin für die stille, zurückhaltende und unscheinbare Heather. Der Gatte, zu dem sie nach halbjähriger Trennung zurückgekehrt war, war ein dünner Kerl mit Pferdegebiß und gequältem Blick, eine Art Handelsvertreter. Er schien voller Besitzerstolz und übertrieben erfreut, sie wiederzuhaben. An jenem Abend – der Fall war gerade eine Woche alt – lag ihm sehr daran, Burden und jedem, der es sonst noch hören wollte, zu versichern, daß die Trennung zwischen ihm und seiner Frau nur ein »Versuch« gewesen war, eine Trennung auf Probe, um die Beziehung neu zu beleben. Inzwischen waren sie wieder für immer zusammen. Ihre Trennung war kein Erfolg gewesen, sondern hatte sie beide nur unglücklich gemacht.

Carol äußerte sich nicht. Auf Burdens Bitte, mit ihm noch einmal die Ereignisse des zehnten Oktober durchzugehen, bestätigte sie erneut, es sei zwanzig nach sechs gewesen, als sie und Heather aus dem Haus gegangen waren. Ja, direkt neben der hinteren Tür hatte ein Korb mit Holzscheiten gestanden. Geld hatte sie auf der Anrichte oder der Kommode nicht liegen sehen. Als sie hereinkam, hatte Tom gerade das Geschirr abgetrocknet. Als sie aus dem Haus gingen, war er gesund und munter damit beschäftigt gewesen, das Geschirr in den Schrank zu räumen.

»Das Glück möchte ich auch mal haben«, sagte Carol Fox mit einem nicht gerade zärtlichen Blick zu ihrem Gatten hinüber. »Mochten Sie Tom Peterlee, Mrs. Fox?«

Bildete er sich das nur ein oder hatte Raymond Fox' Gesichtsausdruck sich leicht verändert? Es wäre übertrieben zu behaupten, er sei zusammengezuckt. Burden wiederholte seine Frage. »Er war immer freundlich«, sagte sie. »Ich hab ihn nicht oft gesehen.«

Die Laboranalyse kam und offenbarte, daß sich in der Asche aus dem Ofen ein Stück Tierknochen befunden hatte. Burden hatte schon am ersten Abend in Erfahrung gebracht, was die Peterlees abends gegessen hatten: Lammkoteletts mit Kartoffeln und Kohlgemüse aus Toms eigenem Anbau. Die Reste wurden in den Komposteimer geworfen, nie ins Feuer. Knochen, ob gekocht oder anders, da waren die Peterlees so zimperlich, wurden dem Hund auf die Hintertreppe gelegt.

Was war aus dem verschwundenen Geld geworden? Der Betrag war nicht so hoch, daß es aufgefallen wäre, wenn ihn jemand ausgegeben hätte. Sie durchsuchten das Haus noch einmal und konstatierten den leeren Safe, das Fehlen jeglicher, auch noch so bescheidener Schmuckstücke in Heathers Besitz, das Fehlen von Büchern und sonstigem Lesestoff sowie jeglicher Spuren sonst üblicher Annehmlichkeiten des täglichen Lebens. Heather Peterlee schloß sich im Haus ein und reagierte nicht auf Annäherungsversuche. Bei Fragen starrte sie nur stumpfsinnig drein und blieb stumm. Alle schrieben ihr Schweigen ihrem großen Kummer zu. Ohne große Hoffnungen auf Erfolg bat Wexford sie um den Film aus der Kamera, mit der die Geldscheine beschwert gewesen waren. Bitte sehr, den könne er gern haben, brummte sie achselzuckend und drehte das

Gesicht zur Wand. Doch als er nachsah, fand er keinen Film in der Kamera.

Burden fand Wexfords wiederholte Besuche bei Arlene Heddon allmählich zwanghaft, und der Chief Constable betrachtete sie als reine Zeitverschwendung. Seit seinem zweiten Besuch gab sie auf alle Fragen jedesmal haargenau die gleichen Antworten – also die gleichen wie bei besagtem zweitem Mal. Er fragte sich, wie sie das bewerkstelligte. Entweder war es die reine Wahrheit oder sie hatte ein phänomenales Gedächtnis. Und wenn dem so war, weshalb wichen die Antworten dann von ihrer Aussage bei der ersten Befragung ab? Inzwischen war alles perfekt koordiniert.

Falls sie eine persönliche Bemerkung machte, würde er vielleicht etwas Neues erfahren, doch das tat sie selten. Jedesmal, wenn er von Tom Peterlee als ihrem Stiefvater sprach, verbesserte sie ihn und sagte: »Ich hab ihn Tom genannt«, und wenn er von Joseph und Monica als Onkel und Tante sprach, korrigierte sie ihn, es seien nicht ihr Onkel und ihre Tante. Carol Fox sei zwar dick befreundet mit ihrer Mutter, die beiden würden sich seit Jahren kennen, sie, Arlene, würde Carol aber kaum kennen.

»Nie gehört, daß Carol mit meiner Mutter den Hund ausgeführt hat. Wieso auch, ich habe mich nie für Carol interessiert.« Manchmal war Gary Wyatt dabei. Wenn Wexford kam, verschwand er immer. Er brummte eine Ausrede, zum Beispiel, er müsse sich mit jemandem treffen und sei schon spät dran. An einem Montag – gewöhnlich suchte Wexford Arlene montags und donnerstags auf – bat er Gary, noch einen Augenblick zu warten. Konnte er ihm inzwischen vielleicht genauer sagen, wo er damals zwischen Viertel vor sieben und halb acht Uhr abends gewesen war? Gary verneinte. Er sei im Pub gewesen, im *Red Rose* in Edenwick.

»Dort kann sich aber niemand an Sie erinnern.«

»Das ist deren Problem.«

»Vielleicht ist es bald Ihres, Gary. Sie konnte Tom Peterlee nicht leiden, stimmt's? Trifft es zu, daß Tom sich geweigert hat, Ihnen und Arlene den Wohnwagen zu überlassen, in dem Mr. Fox gewohnt hat, weil Sie Ihre Frau und Ihre Kinder verlassen haben?«

»Der soll bloß ruhig sein«, sagte Gary.

»Was wollen Sie denn damit sagen?«

Nichts, sagten beide. Er wolle gar nichts damit sagen. Tom habe er jedenfalls nicht gemeint. Ein leichtes Lächeln huschte kurz über Arlenes Gesicht. Gary ging zu einem seiner berühmten Treffen, er sei bereits spät dran, und Wexford erkundigte sich nach Heathers Verhalten, als sie vom Spaziergang nach Hause gekommen war.

»Sie hat sich nicht über ihn geworfen«, sagte Arlene wie aus der Pistole geschossen, scheinbar ohne eine Spur von Gefühl. »Sie kniete sich hin und hielt seinen Kopf und drückte ihn an sich. Dabei hat sie sich mit seinem Blut ganz vollgemacht. Carol und ich haben ihr aufgeholfen, und da fing sie an, ihr Gesicht gegen die Anrichte zu schlagen.«

Es war das gleiche wie beim letzten Mal, immer das gleiche.

Es hatte keine öffentlichen Aufrufe gegeben, daß sich Zeugen in der Angelegenheit melden sollten. Zeugen wofür? Heather Peterlees Alibi stammte von Carol Fox, und Wexford sah keinen Grund, weshalb die beiden lügen oder unter einer Decke stecken sollten. Carol mochte eine

Freundin sein, jedoch nicht die Art von Freundin, die einen Meineid leistete, um eine Frau zu decken, die ohne irgendein Motiv einen idealen Gatten umgebracht hatte. Wexford machte sich Gedanken über den Knochensplitter. Aber die Peterlees hatten schließlich einen Hund. Die Vorstellung, daß ein Hundeknochen ins Feuerholz geraten könnte, war wohl kaum zu weit hergeholt. Merkwürdig war es schon, aber merkwürdige, unerklärliche Dinge geschehen nun mal. Er hatte immer noch Mühe, zu akzeptieren, daß Arlene automatisch angenommen hatte, ihre Mutter und Carol Fox machten einen Spaziergang mit dem Hund; dabei schien sie andererseits keine Ahnung zu haben, daß Carol Fox überhaupt dort wohnte. Und daß Heather ihr Gesicht gegen die Anrichte geschlagen hatte, leuchtete ihm immer noch nicht ein. Carol hatte nur gesagt: »Oh ja, das hat sie«, und Heather hatte sich den Mund zugehalten und das Gesicht zur Wand gedreht.

Dann geschah plötzlich etwas, was die ganze Sache in einem völlig neuen Licht erscheinen ließ.

Ein älterer Mann, Stammkunde im Farmladen, wollte mit Wexford sprechen. Es handelte sich um einen Witwer, der für sich selbst einkaufte, kochte und seinen Lebensunterhalt von einer staatlichen Rente und aus der Pensionskasse der örtlichen Wasserwerke bestritt.

Zunächst entschuldigte sich Frank Waterton, bestimmt sei es nichts Wichtiges, er hätte Wexford nicht stören sollen, aber die Sache gehe ihm ständig im Kopf herum. Er habe eigentlich schon längst etwas unternehmen wollen, aber nicht genau gewußt, was. Daher habe er im Endeffekt gar nichts unternommen.

»Also, was ist, Mr. Waterton? Erzählen Sie es mir doch einfach, dann entscheide ich, ob es wichtig ist oder nicht.«

Der Alte sah ihn nachdenklich an. »Niemand wird Ihnen einen Vorwurf machen, wenn es nichts Wichtiges ist. Immerhin haben Sie damit Bürgersinn bewiesen und Ihre Pflichten getan.« Zu dem Zeitpunkt wußte Wexford noch gar nicht, daß es etwas mit dem Fall Peterlee zu tun hatte. Er war etwas ungeduldig, weil einer seiner zwei wöchentlichen Besuche bei Arlene Heddon unmittelbar bevorstand, bemühte sich jedoch, seine Ungeduld zu verbergen.

»Es hat mit etwas zu tun, das mir ein- oder zweimal aufgefallen ist, als ich bei Feverel meine Sachen einkaufen war«, sagte er. Schlagartig war Wexford nicht mehr genervt oder machte sich Gedanken darüber, ob er pünktlich bei Arlene sein würde. »Das erste Mal muß so im Juni gewesen sein, ich weiß noch, es war Juni, weil es Erdbeeren gab. Ich sehe sie noch vor mir, wie sie die Erdbeeren durchsah und mir ein schönes Körbchen aussuchte, und als sie den Kopf hob – also, da war ich geschockt. Richtig geschockt war ich da. Sie war übel zugerichtet, als hätte jemand sie verprügelt. Sie hatte ein blaues Auge und eine Schnittwunde im Gesicht. Ich sagte, na, wie sehen Sie denn aus, Mrs. Peterlee, und Sie sagte, sie sei gestürzt und hätte sich am Spülstein angeschlagen.«

»Das war das erste Mal, sagen Sie?«

»Ganz richtig. Damals habe ich es ihr geglaubt, aber beim nächsten Mal nicht mehr. Als die Cox Orange reif waren, war ich wieder dort – Ende September muß das gewesen sein –, und da war ihr Gesicht schon wieder grün und blau. Und das Handgelenk hatte sie in der Schlinge – na ja, in einem Verband. Diesmal habe ich nichts gesagt. Ich fand, es wäre vielleicht nicht besonders – äh, taktvoll.

Ich dachte mir, ich sollte herkommen und es jemandem sagen. Es läßt mir keine Ruhe, seit ich gehört habe, daß

Tom Peterlee umgekommen ist. Ich wußte nicht so recht, habe hin und her überlegt. Also, wenn man *sie* tot aufgefunden hätte, wäre ich in Nulllkommanichts hiergewesen, das kann ich Ihnen sagen.« Mit einer Viertelstunde Verspätung kam Wexford bei Arlene an. Er stellte ihr wieder genau die gleichen Fragen, weil es ihn faszinierte, sie die gleichen Antworten geben zu hören – wie ein Papagei. Nur mit dem Unterschied, daß die Stimme, die der Papagei nachahmte, ihre eigene war. Die Frage nach dem wundgeschlagenen Gesicht ihrer Mutter hob er sich bis zum Schluß auf;: sie sollte einschlagen wie eine Bombe.

Zunächst bekam er wieder die alte Geschichte aufgetischt. »Sie kniete sich hin und hielt seinen Kopf und drückte ihn an sich. Dabei hat sie sich mit seinem Blut ganz vollgemacht. Ich und Carol haben sie von ihm weggezogen und ihr aufgeholfen, und da fing sie an, ihr Gesicht gegen die Anrichte zu schlagen.« »Hat sie ihr Gesicht im Juni auch gegen die Anrichte geschlagen, Miss Heddon? Und im September wieder? Und was ist mit ihrem verbundenen Handgelenk?«

Arlene Heddon wußte es nicht. Sie sah ihm direkt in die Augen, mit beiden Augen sah sie ihm fest in die seinen, und sagte, das wüßte sie nicht.

»Ich hab nie gesehen, daß sie das Handgelenk verbunden hatte.« Er riß sich von ihrem hypnotischen Blick los und sah sich im Wohnwagen um. Seit seinem letzten Besuch hatten sie sich einen Mikrowellenherd angeschafft und den alten Teekessel aus Edelstahl durch einen elektrischen Schnellkocher ersetzt. Geschenke von Großmutter? Die alte Hexe stand in dem Ruf, wohlhabend zu sein. Es hieß, von dem Geld, das ihr der Verkauf ihrer riesigen Grundstücke als Bauland eingebracht hatte, sei nichts in den Taschen ihrer Söhne gelandet. Vor dem Eisenbahnwaggon hatte er einen neuen Wagen stehen sehen, und es würde ihn nicht wundern, zu hören, daß sie sich alle paar Jahre einen neuen anschaffte.

»Nächste Woche komme ich am Dienstag, nicht am Montag, Miss Heddon«, sagte er beim Weggehen.

»Machen Sie, was Sie wollen.«

»Hat Gary schon einen Job gefunden?«

»Was für einen Job? Das soll wohl ein Witz sein.«

»Vielleicht. Vielleicht klingt die Idee ja irgendwie lachhaft, einer von Ihnen könnte arbeiten gehen. Haben Sie schon mal daran gedacht? Eigenes Geld zu verdienen, meine ich.«

Sie knallte die Tür hinter ihm zu.

Die darauffolgenden Befragungen unter Leuten, die Mrs. Peterlee gekannt hatten, förderten zahlreiche Beschreibungen von ihren sichtbaren Verletzungen zutage. Stammkunden erinnerten sich an ihren verbundenen Arm. Einer sprach von einem blauen Auge, das völlig zugeschwollen war und das Heather Peterlee am nächsten Tag mit einer Augenklappe zugedeckt hatte. Den Wundschorf an ihrer Oberlippe bezeichnete sie als Fieberbläschen, aber die Kundin, der sie diese Geschichte erzählte, glaubte ihr kein Wort.

Der Mythos vom idealen Gatten begann zu verblassen. Nur die Peterlees selbst hielten ihn weiterhin aufrecht, und als Burden Monica Peterlee darauf ansprach, verschlug es ihr anscheinend vor Angst die Sprache. Es war, als hätte er den Finger auf die schmerzhafteste Stelle eines Traumas gelegt und alles aufgerissen, was diese Wunde verursacht hatte.

36

»Ich will nicht darüber reden. Sie können mich nicht dazu zwingen. Ich will es nicht wissen.«

Joseph behandelte die Andeutung als ungeheuerliche Verleumdung seines toten Bruders. Er brauste auf: »Vorsichtig mit solchen Unterstellungen! Bloß weil Tom tot ist und sich nicht selber wehren kann, glaubt ihr Burschen, ihr könnt alles behaupten. Polizisten sind aber keine Götter mehr, merken sie sich das! Es vergeht kein Abend, ohne daß sie im Fernsehen zeigen, daß wieder ein paar Bullen vor Gericht stehen, weil sie Sachen aufgeschrieben und gesagt haben, die nie passiert sind.«

Seine Frau sah ihn an wie eine verängstigte Maus die Katze ansieht, die sie für einen Augenblick beiseitegelegt hat. Burden hatte nicht vor, Heather zu vernehmen. Sie ließen sie strikt in Ruhe, während sie langsam immer mehr Beweismaterial gegen sie zusammentrugen.

»Was würdest du tun, wenn dich dein Ehemann verprügeln würde?« fragte Wexford seine Frau.

»Meinst du dich oder irgendeinen x-beliebigen Ehemann?« Er grinste. »Mich doch nicht. Einen von denen, die du nicht geheiratet hast, aber hättest heiraten können.«

»Ach, ich weiß, es klingt abgedroschen, zu sagen, man würde es sich nicht gefallen lassen. Du weißt schon, ›Das macht er mit mir aber kein zweites Mal‹ oder so ähnlich, aber das kommt wohl nicht ganz hin. Wenn ihn hinterher die Reue plagt, zum Beispiel, oder es zumindest so aussieht. Wenn man sonst keine Mittel hat oder nirgends hinkann. Wenn Kinder da sind. Und, das hört sich jetzt vielleicht dumm an, wenn man ihn liebt.« »Könntest du das? Ihn weiter lieben?«

»Weiß der Himmel. Ich sage jetzt nicht, Frauen sind komisch. *Menschen* sind komisch.«

»Du hast gesagt ›Das macht er mit mir aber kein zweites Mal‹. Ich frage mich, ob der allerletzte Tropfen das Faß
zum Überlaufen bringt, wenn er es das zweiund*zwanzig-
ste* Mal macht.«

Jenny Burden meinte nur, sie würde sich gar nicht erst
in eine solche Lage bringen. Sie wüßte schon Bescheid,
bevor sie einen Mann heiratete.

»Eine Möglichkeit, Bescheid zu wissen«, sagte Wexford, als ihm das erzählt wurde, »wäre, etwas über das
Verhalten ihres künftigen Schwiegervaters zu erfahren.
Es ist schon etwas dran, wenn die Psychologen von einer
Kette familiärer Gewalt sprechen. Ein Kind, das mißhandelt wird, mißhandelt später seine eigenen Kinder.
Stimmt es dann auch, daß Söhne, die ihren Vater die
eigene Mutter prügeln sehen, ihre Frauen später auch
prügeln und das als normal für eine Ehe betrachten?«

»Sagten Sie nicht, die alte Mrs. Peterlee hätte erzählt, ihr
Mann hätte sie verprügelt, bis sie mit dem Messer auf ihn
losging?«

Wexford nickte. »Das brachte das Faß zum Überlaufen,
und sie hat sich gewehrt. Sie hat auf seinem Grab getanzt,
Mike. Ich frage mich, ob Heather auch vorhat, auf Toms
Grab zu tanzen.« Am Tag nach dem dritten Einbruch –
diesmal im Kingsbrook Center mitten in Kingsmarkham
– saß Wexford wieder bei Arlene Heddon im Wohnwagen,
und Arlene sagte gerade: »Ich hab' sie nie mit verbundenem Handgelenk gesehen.«

»Miss Heddon, Sie wissen, daß Ihr Stiefvater Ihre
Mutter wiederholt tätlich angegriffen hat. Er hat sie verprügelt, ihr mehrmals ein blaues Auge verpaßt und ihr
Schnittwunden im Gesicht zugefügt. Sein Bruder Joseph
behandelt seine Frau zweifellos genauso. Was haben

38

Sie denn davon, wenn Sie so tun, als wüßten Sie von nichts?«

»Sie kniete sich auf den Boden und hielt seinen Kopf hoch und drückte ihn so an sich. Dabei hat sie sich mit seinem Blut vollgemacht. Ich und Carol haben sie von ihm weggezogen und dann fing sie an, mit dem Gesicht –«

Wexford unterbrach sie. »Nein. Ihr Gesicht sah so aus, weil Tom sie geschlagen hat. Warum, weiß ich nicht. Wissen Sie es? Vielleicht ging es um Geld, die Tageseinnahmen, die er auf die Kommode gelegt hatte. Oder vielleicht hatte sie etwas dagegen, daß er von ihrer Freundin Carol Fox mehr Miete verlangte. Wenn Ihre Mutter mit ihm stritt, reagierte er mit Schlägen. Das war seine Art.«

»Wenn Sie's sagen.«

»Nein, Miss Heddon. Es geht nicht darum, was ich sage, sondern was Sie sagen.«

Er erwartete, daß sie nun erwiderte: »Ich hab' Sie nie mit verbundenem Handgelenk gesehen«, doch als sie den Blick hob, hätte er schwören können, dort eine Spur von Belustigung zu entdecken, die aber gleich wieder verflog. Was sie dann sagte, überraschte ihn. Das hätte er zuletzt erwartet. Sie hantierte kurz mit der Fernbedienung, die auf dem Raumteilerregal zwischen ihnen lag, hob den Blick und sagte bedächtig: »Carol Fox war Toms Freundin.«

Während er das erst einmal verdaute, wurde ihm schlagartig die Fülle von Konsequenzen bewußt, die diese Aussage haben könnte. Dann meinte er: »Was genau meinen Sie mit diesem Begriff?« Sie reagierte beinahe verächtlich. »Na, was man eben damit meint. Seine Freundin. Seine Geliebte. So wie ich und Gary.«

»Es hat wohl keinen Sinn, es zu leugnen, was?« sagte Carol Fox.

»Es überrascht mich, daß Sie uns nicht darüber informiert haben, Mr. Fox«, sagte Wexford.

Als ihr Mann nichts erwiderte, schaltete sich Carol ungeduldig ein: »Ach, er schämt sich. Er meint, es wirft ein schlechtes Licht auf seine Männlichkeit oder so. Ich hab zu ihm gesagt, so was läßt sich nicht verheimlichen, versuch's erst gar nicht!«

»Sie haben es uns absichtlich einen Monat vorenthalten.« Sie zuckte gleichgültig die Achseln. »Ehrlich gesagt, es tat mir irgendwie leid wegen Heather. Es war nämlich so, Tom sagte, ich könnte in dem Wohnwagen auf seinem Grundstück wohnen. Er hat nie gesagt, daß es direkt nebenan ist. Und überhaupt, vor vier oder fünf Jahren gab's schon mal eine. Die hat er im Haus wohnen lassen und als Aupair-Mädchen bezeichnet. Ah, als ob diese Peterlees nicht halbe Zigeuner wären, wenn man mal genau hinsieht.«

»Dann nehme ich an, sein Besuch bei Ihnen an dem Abend hatte gar nichts mit der Mieterhöhung zu tun?«

Ihr Mann stand auf und ging aus dem Zimmer. Wexford hielt ihn nicht zurück. Seine Anwesenheit hatte seine Frau zwar nicht sonderlich gehemmt, doch seine Abwesenheit befreite sie noch zusätzlich. Sie deutete ein Lächeln an. »Nicht, was Sie denken. Wir haben was getrunken.«

»Ein bißchen merkwürdig, finden Sie nicht, daß Sie mit seiner Frau einen Spaziergang machten? Oder wußte sie nichts davon? Es fällt mir ziemlich schwer, das zu glauben, Mrs. Fox.«

»Klar wußte sie es. Sie hat mich gehaßt. Ich kann auch

nicht gerade behaupten, daß ich besonders versessen auf sie war. Es stimmt nicht, daß wir oft miteinander unterwegs waren. Den Spaziergang an dem Abend damals habe ich arrangiert, weil ich mit ihr reden wollte. Ich wollte ihr sagen, daß ich weggehen würde, daß es zwischen mir und Tom aus sei, und daß ich wieder zu Ray zurückgehen wollte.« Sie holte tief Luft. »Ich will's Ihnen ehrlich sagen, es war rein körperlich. So wie der aussah – na ja, unter uns gesagt, ich konnte gar nicht genug davon kriegen. Vielleicht ist es ja so am besten. Was anderes wäre es gewesen, wenn Tom gesagt hätte, er verläßt sie; hat er aber nicht, und ich hatte die Schnauze voll.«

Als er mit Burden draußen im Auto saß, sagte Wexford: »Fast hätte ich Heathers Alibi schon den Bach runtergehen sehen. Daß ihre beste Freundin für sie lügt. Jetzt nicht mehr. Ich kann mir nicht vorstellen, daß Toms Freundin seiner Ehefrau ein Alibi verschafft, wenn sie sie aus dem Weg haben will.«

»Nein, besonders nicht der Frau, die den Mann umgebracht hat, den sie geliebt hat oder früher einmal geliebt hatte. Sieht ganz so aus, als müßten wir noch mal von vorn anfangen.«

»Hat eigentlich außer Heather sonst noch jemand ein Tatmotiv? Was hätten Arlene und Gary Wyatt davon gehabt? Die eigene Mutter des Mannes ist zu allem möglichen imstande, aber ich glaube nicht, daß sie das geschafft hätte. Joseph hatte durch Toms Tod nichts zu gewinnen – der Hof geht auf Heather über –, und daß Monica Peterlee bloß ihre Ruhe haben will, ist offensichtlich. Dann bleibt uns also ein Räuber, der in der Gegend herumstreunt und wegen dreihundertsechzig Pfund Kleinbauern umbringt.«

Am nächsten Morgen erhielt Wexford einen an ihn adressierten Umschlag mit der Post. Darin befand sich lediglich der Abholschein für entwickelte Fotos, der gleichzeitig die Quittung für ein Pfund Anzahlung war. Oben auf dem Zettel stand der Name einer Drogerie im York Crest Center. Wexford erriet die Herkunft des Films, bevor Sergeant Martin losgeschickt wurde, um die Aufnahmen abzuholen. Arlene, die dienstags wegen Wexford zu Hause geblieben war, zog wieder ihre Papageiennummer ab.

»Seit ich siebzehn bin, wohne ich nicht mehr zu Hause. Ich kenne doch nicht alle Freundinnen, die meine Mutter hat. Ich hab' nicht gewußt, ob Carol mit dem Hund raus ist oder was. Manchmal ist Tom mit ihm spazieren und manchmal meine Mutter. Ich hab nie gehört, daß Carol mit meiner Mutter spazieren ist. Wieso auch, ich habe mich nie für Carol interessiert.«

»Das hier nimmt allmählich psychotische Ausmaße an, Miss Heddon.«

Er sah es an ihrem verstehenden Blick und dem leichten, zufriedenen Lächeln, daß sie wußte, was er damit sagen wollte. Er brauchte es nicht zu erklären. Andere hätten gefragt, wann endlich Schluß sei, wann er die Sache auf sich beruhen lassen würde. Sie nicht. Sie würde ihm bis in alle Ewigkeit die immer gleichen Antworten auf seine Fragen geben und alle paar Wochen eine Bombe dazwischenwerfen, wie an dem Tag, als sie ihm erzählte, welche Rolle Carol Fox in der Familie Peterlee spielte.

Vorausgesetzt natürlich, daß sie weitere Bomben zur Verfügung hatte.

Er klopfte bei der alten Hexe. Es dauerte ziemlich lange, bis sie zur Tür kam. Als Wexford nicht hereingebeten wurde, sah er, daß sie bereits Besuch hatte. Ein älterer Mann mit weißem Bart, aber in Jeans und roten Cowboystiefeln, stand am Kamin und schenkte gerade aus einer halbleeren Flasche Wein in zwei Gläser ein.

Sie zeigte ihm jenes Grinsen, das ihr Gesicht in tausend Runzeln aufbrechen ließ und ihre bemerkenswerten Zähne entblößte.

»Ich habe gerade noch ein halbes Stündchen, Mrs. Peterlee, und da dachte ich, ich frage Sie einfach einmal, wo Sie an dem Abend zwischen sechs und halb acht Uhr waren, als Ihr Sohn getötet wurde.«

Sie musterte ihn keck. »Ich dachte, ich laß Sie mal schön weiterrätseln.«

»Aber jetzt verraten Sie es mir«, sagte er geduldig.

»Wieso nicht?« Sie wandte sich um und rief in einer für die Entfernung absurd hohen Lautstärke: »Wenn die alle ist, machst du eine neue auf, Eric. Steht auf dem Küchentisch.«

Wexford wurde mit einem Augenzwinkern bedacht. »Ich war mit meinem Freund zusammen. Mit *dem* da. Bei ihm zu Hause. Vor der Versammlung schau ich immer noch auf einen Quickie bei ihm vorbei.« Sie brachte ihn fast zum Erröten. »Einen schnellen *Drink*«, sagte sie. »Fragen Sie ihn, wenn er wieder reinkommt. Ihr Bullen seid mir vielleicht ordinäre Dreckskerle. Ich seh's Ihnen doch an, was Sie gerade denken. Na, der würde mich morgen heiraten, ich brauch bloß was zu sagen, aber ich bin eben zurückhaltend, ich bin schon mal auf die Nase gefallen. Im Moment ist er der zuckersüßeste Schnuckiputzi, aber wenn erst mal der Ring am Finger steckt, sieht die Sache gleich anders aus. Ich laß mich doch nicht noch mal von einem Kerl bewußtlos schlagen, bloß weil sein Essen fünf Minuten zu spät auf dem Tisch steht.«

»Hat Tom Heather deswegen verprügelt, weil sein Essen nicht pünktlich fertig war?«

Falls sie überrascht war, ließ sie es sich nicht anmerken. »Unsinn, die brauchen keinen Grund, wenn sie besoffen sind. Allein daß man da ist und nicht so stark wie sie und Angst hat, das reicht denen schon. Machen Sie doch nicht so ein Gesicht. Das hören Sie wohl nicht gern. Sie hätten mal in meiner Haut stecken sollen. Schon gut, Eric, ich komm gleich.«

Nachdem sie inzwischen nicht mehr unter Verdacht stand und er sie einen Monat in Ruhe gelassen hatte, fuhr Wexford auf den Hof und stattete Heather Peterlee einen Besuch ab. Es war der Abend des dritten Einbruchs. Die Polizei rechnete damit, denn tagsüber waren ein Volvo-Kombi und ein Landrover als gestohlen gemeldet worden. Doch sie hatten noch drei bis vier Stunden Zeit.

Mißhandelte Frauen haben alle ein gewisses Aussehen.

Wexford machte sich selbst Vorwürfe dafür, daß er es bei seinem ersten Besuch nicht gemerkt hatte. Es hatte nichts mit sichtbaren Verletzungen zu tun und auch nicht besonders viel mit einer Körperhaltung, die Einschüchterung und Bedrücktheit verriet. Das erschöpfte, verbrauchte, ausgelaugte Aussehen verriet alles, wenn man wußte, worauf man achten mußte.

Sie war sehr dünn, aber nicht jugendlich-kräftig und schlank wie ihre Tochter, auch nicht drahtig wie ihre Schwiegermutter. Ihre Magerkeit zeigte schlaffe Armmuskeln und zähe, sehnige Handgelenke. Sie hatte hohle Wangen, und ihr Mund war bereits eingefallen. Die Wochen ohne Tom hatten ihre wohltuende Wirkung noch nicht entfaltet. Heather Peterlee hatte sich selbst und ihr Heim vernachlässigt und ihr Witwendasein wahrscheinlich nur schweigsam brütend in diesem düsteren, häßlichen Haus verbracht, mit dem Spaniel als einzigem Gefährten.

Der Hund bellte und knurrte, als Wexford ankam. Um ihn zur Ruhe zu bringen, schlug sie ihn viel zu grob auf die Schnauze. Gewalt erzeugt Gegengewalt, dachte er bei sich. Man erleidet sie, speichert sie und gibt sie dann weiter – an jemanden oder etwas, das schwächer ist als man selbst.

Doch sie leugnete es immer noch. In einem tristen Baumwollkleid und dicker Strickweste, die sie wie einen Schal um sich geschlungen hatte, saß sie ihm gegenüber und wies jegliche Andeutung, Tom könnte etwas anderes als gut und sanft gewesen sein, weit von sich. Was Carol betraf, ja, es stimmte, daß Tom und nicht sie ihr den Wohnwagen angeboten hatte. Tom hatte von einem Freund erfahren, daß sie eine Unterkunft suchte. Von welchem Freund? Sie wußte seinen Namen nicht. Und was war mit dem »Au-pair-Mädchen«?

»Sie haben wohl mit meiner Tochter gesprochen.«

Wexford gab zu, daß das stimmte, sagte allerdings nicht, wie ermüdend diese ausführlichen Unterredungen waren. »Arlene denkt sich solche Sachen aus. Sie hat zu viel Phantasie.« Ein Funke Lebhaftigkeit ließ sie leicht verändert wirken, als sie von ihrer Tochter sprach, und ihre Stimme wurde etwas munterer. »Gescheit ist sie, meine Arlene, ein ganz helles Köpfchen. Die wollte mal zur Polizei, wissen Sie.«

»Wie bitte?«

»Wollte Polizistin werden oder wie das heute heißt.«

»Polizeibeamtin«, sagte Wexford. »Ist das wahr? Und warum hat sie es nicht getan?«

»Na, sie hat sich doch mit diesem Gary eingelassen, oder?« Das war eigentlich keine Antwort, doch hakte Wexford nicht weiter nach. Er fragte auch nicht nach dem Verhältnis ihres Mannes zu Carol Fox. Dafür hatte er ja Beweise, nicht nur Carols Geständnis, sondern auch den Film in Tom Peterlees Kamera. Auf allen Aufnahmen war Carol zu sehen, darunter auch auf drei Aktfotos, die mit Blitzlicht im Wohnwagen gemacht worden waren. Die Bilder waren relativ anständig und hätten keinen Drogisten zum Protest veranlaßt, dem Tom sie hätte bringen können, denn Carol hatte eine verschämte und eigentlich recht vorteilhafte Pose eingenommen, indem sie den Körper abgewandt und über die Schulter gelächelt hatte.

Abends sah er sich die drei Fotos noch einmal genau an. Die Umgebung, nicht das sinnliche Thema, verlieh ihnen etwas Deprimierendes. Der armselige Hintergrund, das Fenster mit der lappigen Netzgardine, der Mantel am Haken, der Anblick eines mit Speiseresten verkrusteten Topfes auf der Herdplatte wirkten wie der klägliche Versuch, in einem improvisierten Fotoatelier so etwas wie Pornographie zu erschaffen. Erotik erforderte nach Ansicht Wexfords das absolute Fehlen von Häßlichkeit, und Carol Fox war die nicht ungewöhnliche Leistung gelungen, sexy auszusehen, ohne schön zu sein. Nicht das erhoffte Prickeln bewog ihn dazu, sich die Bilder anzusehen. Er betrachtete sie eher kühl, ja sogar traurig. Die Identität des Absenders auf dem Entwicklungsabschnitt war nicht das Problem. Er kannte sie, wenn auch vielleicht nicht seit dem Moment, als er den Zettel aus dem Umschlag ge-

nommen hatte, so zumindest lange bevor das Polizei-
labor die vorliegenden Fingerabdrücke mit denen auf dem
Papier verglichen hatte. Er wußte, wer den Film über den
Ladentisch gereicht und ein Pfund angezahlt hatte. Nicht
einmal das Thema der Aufnahmen machte ihm jetzt mehr
zu schaffen. Seine leichte Niedergeschlagenheit verschwand plötzlich, und er war sofort hellwach. Er sah sich
die Bilder an und wußte plötzlich, wer Tom Peterlee getötet hatte und warum.

Die Polizei hatte sich buchstäblich um das gesamte Kings-
brook-Einkaufszentrum herum verteilt und wartete auf
die Ankunft der Einbrecher. Diesmal kamen sie nur zu
viert und saßen alle in dem gestohlenen Landrover. Falls
andere ihnen durch die engen Straßen der Innenstadt
gefolgt waren, hatten diese nach einer Vorwarnung um-
gedreht. Es war vielleicht dieselbe Vorwarnung – nicht
viel mehr als ein Gefühl oder eine Ahnung –, die den Landrover nun auf dem weitläufigen gepflasterten Vorplatz anhalten ließ, an dem der Eingang des Centers lag.
    Beobachter des Geschehens nahmen zunächst an, der
Landrover wolle nur wenden, um die Türen mit dem Heck
zu rammen. Es dauerte ein paar Sekunden, bis klar wurde,
daß es sich um ein Umkehrmanöver handelte – vorwärts
bis an die viereinhalb Meter hohe Backsteinmauer, im
Rückwärtsgang auf die Türen zu, und dann, als sich alle
darauf gefaßt machten, daß die Türen krachen und der
Landrover mit dem Heck voraus durchfahren würde,
schoß er erneut vorwärts und verschwand durch den
schmalen Verbindungsweg auf die Hauptstraße. Die brei-
tere Straße erreichte er jedoch nie. Seine Insassen ließen
ihn quer an der Ausfahrt stehen, rissen alle vier Türen auf,

sprangen heraus und zerstreuten sich. Als die Polizei nach einer halben Minute dort ankam, fand sie ein leeres Fahrzeug vor – keine Spuren außer denen des Besitzers und kein einziger Fingerabdruck.

Vor der Verhaftung sagte Wexford zu Burden: »Sehen Sie, zu uns hat sie gesagt, sie besäße keinen Regenmantel, und wir fanden auch keinen, aber auf dem Foto hier hängt ein Regenmantel im Wohnwagen am Haken.«

Burden betrachtete das Foto durchs Vergrößerungsglas.

»Leuchtend smaragdgrün, mit weißbraunen Hornknöpfen.«

»Sie kam zu dem Zeitpunkt in die Küche, den sie der Polizei angegeben hat, oder vielleicht fünf Minuten früher. Daß sie tatsächlich mit Tom Schluß machen wollte, nehme ich ihr ab, aber daß sie mit Heather einen langen Spaziergang machen und es ihr sagen wollte, ist ein Märchen. Sie trug den Regenmantel, weil es bereits nieselte, und vielleicht, weil sie wußte, daß sie hübsch darin aussah. Sie kam, um Heather zu sagen, daß sie wegging, und wahrscheinlich auch, daß Heather den Mann mit Handkuß haben könnte.

Wußte sie, daß Tom seine Frau schlug? Vielleicht ja, vielleicht nein. Bestimmt dachte sie, wenn Tom und sie je für immer zusammengeblieben wären, würde er *sie* nicht schlagen. Doch das nur nebenbei. Sie kam in die Küche und sah, wie Heather zusammengekrümmt neben der Anrichte hockte und Tom sie ins Gesicht schlug.

Es heißt, eine Frau kann sich nicht wirklich gegen einen brutalen Mann wehren, aber eine andere Frau kann sie verteidigen. Was ging in Carol Fox vor, Mike? Blanke Wut? Tiefe Enttäuschung über Tom Peterlee? Die schwesterliche Anziehungskraft zwischen Frauen? Das kriegen wir vielleicht noch heraus. Sie griff in den Korb, nahm sich ein kräftiges Eichenscheit, und schlug ihm damit auf den Hinterkopf. Immer und immer wieder. Nachdem sie erst einmal in Fahrt war, schlug sie wie besessen weiter – bis er tot war.« »Eine von beiden«, sagte Burden, »– ich würde sagen, Carol, Sie nicht? – handelte dann sehr geistesgegenwärtig und organisierte alles Weitere. Carol zog den blutbeschmierten Regenmantel aus und stopfte ihn zusammen mit der Tatwaffe in den Ofen. Innerhalb von einer Stunde vor unserem Eintreffen war alles vernichtet bis auf ein kleines Stückchen Knopf.«

»Carol wusch sich die Hände, zog eine von Heathers Jacken über und dann gingen sie mit dem Hund zum Fluß hinunter. Carol hatte nie ein Alibi für Heather, wie wir angenommen haben, sondern Heather war es, die Carol ein Alibi verschaffte. Sie wollten eine Dreiviertelstunde wegbleiben und bei der Rückkehr dann die Leiche ›finden‹, oder sogar versuchen, sie zu beseitigen, die Küche saubermachen und so zu tun, als sei Tom weggegangen. Doch dann tauchte unversehens Arlene auf.« »Arlene kam aber doch eine Stunde früher«, sagte Burden. »Arlene nahm an, ihre Mutter hätte es getan und glaubte auch den Grund zu kennen. Die in die Enge getriebene Maus griff an, als die Katze abgelenkt war. Das Blatt wendete sich wie damals bei der Großmutter, als ihr Mann einmal zu oft zugeschlagen hatte.«

So ungefähr drückte er es Arlene Heddon gegenüber am nächsten Tag aus, nachdem Carol Fox unter Mordanklage gestellt worden war. »Sie sagten mir erst, daß sie Toms Freundin war, als Sie glaubten, daß es schlecht um Ihre Mutter steht. Sie waren überzeugt, wenn die Geliebte eines Mannes dessen Ehefrau ein Alibi verschafft, sieht das echt aus. Für den Fall, daß ich Ihnen nicht glaubte und sie es leugnete, schickten Sie mir den Kassenzettel, den Sie im York Crest Center bekommen hatten, als Sie den Film aus Tom Peterlees Kamera zum Entwickeln brachten. Ihre Mutter hat Ihnen wahrscheinlich gesagt, was für Bilder er machte.«

Sie zuckte die Achseln und meinte trotzig: »So schlau waren Sie auch nicht. Von wegen, ich wüßte, wer Tom umgebracht hat. Ich hab's nicht gewußt, ich dachte, es war meine Mutter.« Er sah sich im Wohnwagen um, sah den Radiorekorder, die Mikrowelle, das Videogerät, bis sein Blick schließlich auf das kleine schwarze Rechteck fiel, das er bisher ohne genauere Prüfung für die Fernbedienung des Fernsehers gehalten hatte. Man mußte doch sehr faul sein, fast schon bewegungsunfähig, dachte er, um mit diesem Ding die Sender zu wechseln. Der Fernseher war von fast jeder Ecke des Raums aus nur eine Armeslänge entfernt. Er nahm das kleine Gerät in die Hand.

Es war ein Kassettenrekorder mit einem etwa zwölf auf fünf Zentimeter großen, flachen schwarzen Gehäuse. Die Seite mit dem rot erleuchteten Einschaltknopf hatte immer in Richtung Küche gezeigt.

So selbstsicher war sie gewesen, so sehr hatte sie auf ihre überlegene Intelligenz vertraut, daß sie nicht einmal den winzigen Aufkleber von der Unterseite entfernt hatte. Nixon's, York Crest, 54.99 Pfund – Wexford war sich sicher, daß Arlene keine fünfundfünfzig Pfund dafür bezahlt hatte. »Geben Sie sofort her!« Sie verlor die Beherrschung. »Ich gebe Ihnen eine Quittung dafür«, sagte er und fügte hinzu: »Gary war an dem Abend sicher mit seinen Kumpels zusammen, um den ersten Überfall zu planen. Wo, weiß ich zwar nicht, aber jedenfalls nicht im *Red Rose* in Edenwick.« Sie starrte ihn nur schweigend an. Er stellte sich vor, wie gern sie ihm den Rekorder aus der Hand gerissen hätte, sich aber nicht getraut hatte. Ein gewisser Spürsinn oder aber die langjährige Erfahrung, in Gesichtern zu lesen und daraus seine Schlüsse zu ziehen, ließ ihn sagen: »Na, dann wollen wir uns doch gleich mal anhören, was Sie da aufgenommen haben, Miss Heddon.«

Er vernahm erst seine eigene Stimme, dann ihre. So deutlich wie bei einem Telefongespräch. Es war ein guter Kassettenrekorder. Er überlegte: Gary Wyatt war an dem ersten Überfall beteiligt gewesen, der nach dem Mord stattgefunden hatte, und nachdem er zum ersten Mal hiergewesen war, um mit ihr zu sprechen. Seither, seit dem zweiten Mal ...

»Ich habe Carol nicht sehr gut gekannt.«

»Sie war aber doch eng befreundet mit Ihrer Mutter ...« Seine Stimme verlor sich in einem Knacken.

»Seit ich siebzehn bin, wohne ich nicht mehr zu Hause. Ich kenne doch nicht alle Freundinnen meiner Mutter ...«

»So war das also«, sagte er. »Sie haben unsere Gespräche aufgenommen und Ihre Antworten auswendig gelernt, damit sie sich garantiert nie voneinander unterschieden.«

Ihre Stimme klang steif und hölzern. »Wenn Sie's sagen.«

Er stand auf. »Ich glaube, Gary wird nicht mehr lange mit Ihnen zusammensein können, Miss Heddon. Sie dürfen ihn einmal im Monat besuchen, wenn Ihnen daran liegt. Manche behaupten, Polizisten und Kriminelle trennt nur ein schmaler Grat, weil beide die gleiche Art von Intelligenz besitzen. Von Ihrer Mutter weiß ich, daß Sie mal Polizeibeamtin werden wollten. Sie haben einen schlechten Start hingelegt, aber vielleicht ist es ja noch nicht zu spät.«

Mit dem Rekorder in der Tasche bahnte er sich gebückt einen Weg hinaus, drehte sich dann noch einmal um und sagte: »Wenn Ihnen die Vorstellung noch zusagt, rufen Sie mich doch an.«

Er machte die Tür hinter sich zu und stieg die Treppenstufen auf den schlammigen Acker und den Schotterweg hinunter.

Lizzies Liebhaber

»Der Regen fiel heut' abend früh«, sagte sie.

Sie trat ins Haus, und er machte die Tür hinter ihr zu. Weil sie nichts auf dem Kopf getragen hatte, war ihr langes, helles Haar naß geworden. Er lächelte sie an. »Weißt du, was du da gerade gesagt hast?«

»Wie bitte?«

»Der Regen fiel heut' abend früh. Das ist die erste Zeile aus ›Porphyrias Liebhaber‹.« Er sah sie erwartungsvoll an, aber vergeblich. »Das ist ein Gedicht von Robert Browning, Lizzie. Habt ihr das in der Schule nie durchgenommen?«

Er nahm ihr den tropfnassen Mantel ab und drapierte ihn, nachdem er die Idee, ihn an der Wand im Flur aufzuhängen, verworfen hatte, über eine Stuhllehne. Das Haus war klein und niedrig, ein Reihenhäuschen aus Backstein am Rande irgendeines Vorortes im Londoner Süden, weit entfernt von U-Bahn- und Bushaltestellen.

»Sagtest du Porphyria?« fragte sie.

»Genau.«

»Porphyria ist doch eine Krankheit, Michael. Keine Ahnung, woher der Name stammt, aber so heißt sie. Dabei verfärbt sich der Urin wie Purpur.«

»Browning nannte das Mädchen in seinem Gedicht Porphyria, bevor die Krankheit so hieß. Es gibt aber auch eine

Marmorart namens Porphyr. Es bedeutet purpurfarben. *Porphyra,* griechisch für purpurfarben.«

»Was du alles weißt«, sagte sie. »Du hast doch bestimmt einen Fön, oder? Ich würde mir gern die Haare trocknen.«

Michael konnte das Geräusch nicht ausstehen. »Der ist kaputtgegangen, und da habe ich ihn weggeworfen«, log er. »Ich habe uns ein Feuer gemacht. Komm, wir trinken ein Glas Wein, dann kannst du dir ja am Feuer die Haare trocknen.«

Sie trug einen langen Rock in Blau- und Malvetönen, dazu ein dunkellila Samtoberteil mit einem dünnen violetten Chiffontuch. Der Rocksaum war naß. Er fand das absurd: Frauen hatten es geschafft, sich zu emanzipieren und Hosen zu tragen, und dann kleideten sie sich wieder wie ihre eigenen Urgroßmütter – und das auch noch freiwillig. Das Feuer war fast ausgegangen, eine schwelender, flammenloser Klumpen. Während er den Wein entkorkte, kniete sie sich vor den Kamin und fachte das Feuer mit dem reichverzierten Blasebalg wieder an, den er in einem Trödelladen erstanden hatte.

Leise deklamierte er: »›Vor Kälte, Frost und Sturm geborgen, Kniet sie, die traurige Glut entfacht, Und Wärme strömt durchs ganze Haus.‹«

»Na, das wohl kaum«, versetzte sie lachend. »Ist das auch aus ›Porphyria‹?«

»Ich habe das Gedicht heute in der Schule mit den Kindern durchgenommen, und jetzt spielst du es direkt nach. Hier, dein Wein. Sie war durch den Regen mit zu ihm nach Hause gekommen, ihre Haare waren auch naß, ihr gelbes Haar, wie Browning es nennt, wahrscheinlich so ähnlich wie deins.«

»Gelb? Klingt schrecklich, finde ich. Worum geht es denn in deinem Gedicht? Ich weiß, du kannst es kaum erwarten, es mir zu erzählen.«

Er sah zu, wie sie den Kopf vornüber beugte und ihr Haar wie zu einem breiten, goldenen Fächer ausbreitete. Die einzelnen Strähnen glänzten im Schein des Feuers.

»Ich weiß es nicht ganz auswendig«, sagte er, »nur ein paar Stellen. Ein Festmahl kommt auch darin vor. Da fällt mir ein, ich könnte uns eigentlich gleich was zu essen machen. Oder möchtest du lieber ausgehen?«

»Ich habe keinen Hunger.« Sie begann, sich das Haar durchzukämmen. Es knisterte wie elektrisiert. »Wir essen später.« »Na gut«, sagte er. »Komm, setz dich hier neben mich.«

Das Sofa in dem kleinen Zimmer war mit einem in Rot und Purpur gemusterten Stofftuch bedeckt. Die beiden Tischlampen trugen dunkelrote Schirme; er ließ sie brennen, das große Licht schaltete er aus. Nun war das Zimmer gemütlich und wirkte sofort kleiner. Michael setzte sich aufs Sofa und klopfte einladend auf das Kissen neben sich. Als sie an seiner Seite Platz genommen hatte, nahm er ihre Hand und legte seine hinein. »›Schlang meinen Arm um ihre Mitte‹«, sagte er. »Genau so, leg dir meinen Arm um die Taille. ›Die glatte weiße Schulter bloß.‹« Sanft schob er ihr den purpurnen Samtausschnitt nach unten und entblößte ihren Oberarm. »Deine ist eher sonnengebräunt als weiß. In der damaligen Zeit haben die Mädchen die Sonne gemieden.«

»Die meisten Leute würden sagen, das war klug von ihnen. Und wie geht das Gedicht weiter?«

»Ich sage doch, ich weiß nicht mehr alles. Sie gestattet ihm, seine Wange auf ihre bloße Schulter zu legen und breitet dann ihr Haar ›über allem aus‹, also wohl über sein Gesicht.«

»So etwa?« Lizzie legte ihr Haar wie einen Schleier über sein Gesicht und ihre Schulter. Er schüttelte sich und richtete sich auf; er konnte es nicht leiden, wenn ihm Haare in den Mund gerieten. »Noch ein bißchen Wein?«

Er füllte ihr Glas erneut und brachte es ihr herüber. Als sie die Hand danach ausstreckte, ergriff er sie und hielt sie fest; sehnsüchtig führte er seinen Mund an ihre Lippen und küßte sie. Er strich ihr das lange Haar aus dem Gesicht, löste den Knoten in ihrem purpurnen Tuch und küßte das Grübchen an ihrem Hals.

»Hat das der Geliebte vor Porphyria auch gemacht?« fragte sie leise.

»Nein, glaube ich nicht. Geküßt hat er sie nicht – *noch* nicht. Er war glücklich, daß sie durch Wind und Wetter zu ihm gekommen war, aber nicht so glücklich, daß sie sich weigerte, für immer die Seine zu werden.«

»Hieß das, mit ihm zu schlafen? Das war doch damals nicht üblich, oder?«

»Bei manchen wohl schon«, meinte Michael. »Jedenfalls sagt er, ›bisweilen überkam sie Leidenschaft‹, und es war ja wohl auch Leidenschaft, die sie in jener Nacht zu ihm getrieben hatte.« »Das muß es bei mir auch gewesen sein«, sagte Lizzie. »Ich habe fast zwei Stunden hierher gebraucht, weil die Victoria-Linie ausgefallen ist. Die Busse sind erst alle gleichzeitig gefahren, und dann kam wieder eine halbe Stunde lang gar keiner. Allein die Leidenschaft hat mich vorangetrieben!«

»›Als ich ihr in die Augen sah‹«, zitierte Michael weiter. »›Voll Glück und Stolz erkannt' ich endlich, ja – Porphyria verehrt mich.‹«

»War sie verheiratet? Wie ich?«

»Das erwähnt Browning nicht. Er beschreibt sie aber als ›vollkommen rein und gut‹, also war sie wahrscheinlich nicht verheiratet. Zu seiner Zeit galt eine untreue Ehefrau als Verbrecherin.«

Lizzie wandte sich ab und nahm einen Schluck Wein. Dann ergriff sie Michaels Handgelenk und streichelte leicht über seine geöffnete Hand. Verträumt fragte sie: »Und was geschah dann?«

»Er hat sie erdrosselt.«

Sie ließ die Hand fallen, als hätte sie sich daran verbrannt und zog sich in die Sofaecke zurück. »*Was?*«

»Er hat sie mit ihren eigenen Haaren stranguliert. Um sie für sich zu behalten. Für immer. ›Da wußt' ich, wie‹, sagt er, ›Des Haares langen, gelben Strang, Um ihren zarten Hals ich wand …‹«

»Und so ein Gedicht nimmst du mit deinen Schülern durch?« »Sie sind doch schon sechzehn, Lizzie. Das sind keine Kleinkinder mehr.«

Sie rückte wieder etwas näher. »Aber das geht doch gar nicht. Man kann jemand doch nicht mit den eigenen Haaren erdrosseln.« »Wieso nicht? Wenn sie lang genug sind?«

Statt einer Antwort faßte sie daraufhin ihr eigenes Haar zu einem dicken, glatten, goldenen Strang zusammen und hielt ihn ihm wie zum Verkauf hin. Er ergriff ihn mit beiden Händen, schlug ihn einmal um die Hand und zog ihn über ihr rechtes Ohr quer über den Hals. Zuerst wand er ihn ganz locker, doch als er fester zuzog, konnte er ihn fast zweimal um ihren glatten gebräunten Hals schlingen.

»›Und so erglühte ihre Wange‹«, sagte er, »›erneut heiß unter meinem Kuß.‹«

»Er hat sie auf die *Wange* geküßt?« fragte Lizzie.

»Ich habe das Gefühl, das war damals eine Umschreibung für Mund.« Michael führte seinen Mund an ihren, verzog bei der Berührung jedoch seine Lippen an der Stelle, wo Mundwinkel und Wange sich trafen. Während er seine Lippen auf die warme, glatte Haut drückte, packte er ihr Haar fester und zerrte plötzlich mit einem scharfen Ruck daran.

»Michael!« Es klang fast wie ein Schrei. Heftig zog er noch einmal an dem Haarstrang und ließ plötzlich los. Sie brachte ihr Haar wieder in Ordnung. »Um Himmels willen!«

»Du hattest recht. Es geht nicht. Deine Haare sind nicht lang genug.«

»Na, umso besser. Du hast mich eben ganz schön erschreckt.«

»Wirklich?« sagte er. »Na, so was.«

Mit beiden Händen strich er ihr das Haar über die Schultern zurück. Er hielt ihr Kinn hoch und sah ihr tief in die Augen. Ihr Blick war voller Zweifel.

»So konnte er sie doch für immer für sich behalten, nicht wahr? Keine Rückkehr zum Ehemann mehr, wenn der Abend vorbei war, kein Stolz mehr zu brechen oder ›eitlere Bande‹ zu kappen. Das kann ich gut verstehen.«

Seine Hände lagen nun auf ihren Schultern, und er fixierte sie mit seinem Blick. Ihre Augen wurden glasig, ihr Mund fing an zu beben. Er ergriff das purpurne Chiffontuch an beiden Enden, überkreuzte sie und zog mit einer heftigen, raschen Bewegung fest zu. Sie schrie auf, doch es kam kein Laut. Porphyria hatte sich nicht gewehrt, doch Lizzie wehrte sich, schlug um sich, trat mit den Füßen und fuchtelte mit den Händen, würgte und schnappte nach Luft. Doch als der Kampf vorüber war, war ihr Kopf auf seinen Schoß gesunken, und auch sie lag still da. Zärtlich strich er ihr über das Haar, das nicht lang genug gewesen war, und zitierte mit leiser Stimme: »So sitzen wir zusammen nun, Reglos und still die ganze Nacht, Und Gott hat noch kein Wort gesagt!«

Pilzmischung

Ich liebe mein Schätzchen mit ps, denn sie ist psychopathisch; ich hasse mein Schätzchen mit ps, denn sie ist psylotisch. Ich füttere sie mit Psalliota und Psilotaceae; sie heißt Psammis mit Namen und lebt in einem Psalterium.

Bitte verzeihen Sie. Manchmal bin ich von Worten regelrecht fasziniert, besonders wenn sie griechischer Herkunft sind und mit einer Kombination ungewöhnlicher Konsonanten anfangen. Ich liebe mein Schätzchen mit cn, denn sie gehört zu den Cnidaria ... Aber nein. Kehren wir zu den Psalliota zurück. Wenn Sie wissen wollen, was alle diese Wörter bedeuten, müssen Sie sie in einem guten Wörterbuch nachschlagen. Psalliota bedeutet nicht mehr und nicht weniger als – der gemeine Blätterpilz: psalliota campestris, der Feldchampignon, um es genau zu sagen.

Ich interessiere mich erst seit kurzem für Pilze. Seit mich meine Firma entlassen hat, habe ich natürlich viel mehr Zeit zur Verfügung, Muße zum Beobachten. Ich versuche, nicht ins Grübeln zu verfallen. Daß es dieses Jahr eine außerordentliche Pilzernte gab, fiel mir zum ersten Mal auf, als ich mit dem Zug meine Frau besuchen fuhr. Ein Auto kann ich mir nicht mehr leisten. Aus dem Abteilfenster in der Zweiten Klasse sah ich Wiesen, die mit weißlichen Erhebungen zwischen dem Gras bedeckt waren. Obwohl ich etwas Derartiges noch nie gesehen hatte, wußte ich schon nach wenigen Augenblicken, daß es sich um Pilze handelte.

Nachdem ich von meinem Ausflug zurückgekehrt war, ging ich in meinem Garten auf Suche. Seitdem man mir vor zehn Jahren meine Frau gestohlen hat, ist er zum größten Teil ungepflegt (manchmal mähe ich den Rasen) und befindet sich nun wieder in einem erfreulich natürlichen Zustand. Die niedrigen Sträucher zum Beispiel, die sie noch gepflanzt hatte, haben sich mittlerweile in Bäume verwandelt. Unter ihnen sowie an bemoosten Mauerecken entdeckte ich die verschiedensten Pilzarten: Wiesenchampignons, Schirmlinge, Füllhörner und natürlich den Bovist. Damals waren mir diese Bezeichnungen noch fremd. Dank zweier Bücher und eines Videofilms wird aus meinem Interesse wahrscheinlich eine lebenslange Obsession werden.

Ich selbst mache mir nichts aus Pilzen. Meine Frau dagegen mochte sie immer besonders gern. Doch damals – ich sage nicht, als ich sie das letzte Mal *sah*, denn ich lege Wert darauf, sie zu *sehen* –, als ich das letzte Mal mit ihr *sprach*, waren in den Läden nur ganz gewöhnliche Pilze erhältlich, bei denen lediglich zwischen ›groß‹ und ›kleinknospig‹ unterschieden wurde. Das hat sich inzwischen geändert. Für den unerfahrenen Betrachter scheinen die in Zellophan gehüllten Behälter im Supermarkt lediglich »Mischpilze« zu enthalten; ich jedoch kann Shii-Take, Pfifferlinge, Steinpilze und Morcheln voneinander unterscheiden. Die bleichen Scheibchen ähneln in Streifen geschnittenem, blutleerem Fleisch, zitronig faserigen Streifen, groben, klebrigen Brocken und schokoladebraunen, elastischen Klumpen. Nun, über Geschmack läßt sich streiten. Der Tag, an dem ich unter der Steineiche in meinem Garten den Grünen Knollenblätterpilz entdeckte, war eben jener Tag, an dem ich meine Frau seit Wochen zum ersten Mal wiedersah. Sie müssen wissen – obwohl ich jeden Tag an sie denke, in die Stadt fahre, wo sie lebt, ihr Haus beobachte und mich im nahegelegenen Einkaufszenrum aufhalte, sehe ich sie nicht jedesmal. Daß sie mich hingegen *nie* sieht, brauche ich wohl nicht eigens zu erwähnen. An jenem Tag jedoch hatte ich mich zwischen den Ständern mit Trainingsanzügen aus Polyester verborgen und entdeckte sie in einiger Entfernung, als sie gerade auf den Gemüsestand zusteuerte. Ich übertreibe keineswegs, wenn ich behaupte, daß mein Herz plötzlich erzitterte. Es ist immer noch ein Schock, selbst nach so langer Zeit.

Von meinem Versteck aus Stoff aus beobachtete ich sie. Da ich so weit entfernt von ihr stand, daß ich nicht sehen konnte, was sie kaufte, folgte ich ihr mit dem Blick vom Gemüse zur Pizza, von den Teigwaren zum Mineralwasser und von dort zur Kasse. Abends spielte ich dann noch einmal den Videofilm ab. Gelb und weiß, mit bleichen Lappen und gezackter Kappe prangte der Knollenblätterpilz in seiner ganzen tödlichen Pracht auf dem Bildschirm. Totenkappe, nannte ihn der Begleitkommentar und fügte in fröhlichem Ton hinzu, daß bereits äußerst geringe Mengen erhebliche Schmerzen verursachten und schließlich zum Tode führten.

Wenn ich Haschisch anpflanzen würde, würde ich mich strafbar machen. Die Polizei würde kommen, die Pflanzen herausreißen und vernichten. Doch stellt es keine Straftat dar, den Knollenblätterpilz anzubauen, die tödlichste aller einheimischen Pilzarten. Wenn ich wollte, könnte ich mein schattiges Stück Acker ungestraft in eine Totenkappenplantage verwandeln. Ach, könnte ich doch nur! Doch Pilze sind launisch, unbeständig, Pilze sind unstet und wankelmütig. Wer hat nicht schon einmal von jenen Möchtegern-Pilzfarmern gehört, die sich eine Zuchtausrüstung anschaffen und strikt den Anweisungen folgen, nur um irgendwann festzustellen, daß ihre Zuchtscheunen leer sind und die Champignons auf den Feldern außerhalb ihres Grundstücks üppig gedeihen?

Ich muß mich mit dem begnügen, was die Natur bietet und kann selbst nur ein wenig nachhelfen, indem ich für einen schattigen, geschützten Platz und Feuchtigkeit sorge. Es war bereits Oktober, als die jungen Sprossen durchkamen und der Stiel sich über die Erde schob, sein schneeiger Schleier aufbrach und die olivgrün-gelbe Kappe zum Vorschein kam. Das Fleisch, steht in meinem Buch, ist weiß und riecht nach rohen Kartoffeln. Welche Genugtuung, als ich entdeckte, daß dies tatsächlich der Fall war und ich nicht, sagen wir, Knollenblätterpilz und Xerula verwechselt hatte. (Ich liebe mein Schätzchen mit x, denn sie ist voll mit Xanthin, ich hasse sie, denn sie ist ein Xylophagus). Vorsichtig, um das Fruchtfleisch nicht zu beschädigen, nahm ich Messer und Gabel zur Hand und schnitt probeweise bei drei Pilzen Kappe und Stiel in dünne Streifen. Sie paßten gerade in einen großen Joghurtbecher. Mit geschlossenen Augen stand ich da und rief mir meine Frau in Erinnerung, ihre Art zu kochen, ihr Vergnügen beim Essen, ihr Lächeln. Ich erinnerte mich, wie sie rohe Kartoffeln geschnipselt hatte und konnte mir den Geruch im Geiste vergegenwärtigen.

Am nächsten Tag ging ich mit meinem Joghurtbecher schnurstracks vom Bahnhof in den Supermarkt. Mir blieben noch gute zwei Stunden Zeit, bevor meine Frau eintreffen würde. Oh, ich habe meine Erinnerungen, viel zu viele davon, und kenne ihren Zeitplan und den regelmäßigen Tagesablauf. Trotzdem wartete ich ein wenig und schlenderte gedankenverloren zwischen der heruntergesetzten Bettwäsche und den Küchenutensilien auf und ab. Sie werden mir zugute halten, daß ich außer den Kassetten und sorgfältig ausgewählten Artikeln, die ich ihr schickte, und den aufschlußreichen Briefen an ihre Verwandten, bisher keine konkreten Schritte gegen meine Frau unternommen habe. Nun war es an der Zeit zu handeln. Ich zögerte nicht länger.

Mit etwas Übung dauert es nur einige Sekunden, die Zellophanhülle vom unteren Teil einer Packung Mischpilze zu entfernen, ein paar Scheiben Knollenblätterpilz hineinzuschieben und die Packung wieder zu verschließen. Zwischen den Wedeln und Fasern, den Stückchen und Scheiben fielen meine zarten Zilien gar nicht auf oder wirkten wie Büschelchen von Shii-Take. Zehn Packungen, etwa die Hälfte des Vorrats, bearbeitete ich auf diese Weise. Der Laden war um die Mittagszeit nicht sehr voll. Niemand sah mich, und falls mich doch Leute beobachteten, so betrachteten sie meine Sorgfalt als eingehende Begutachtung vor dem Kauf. Mir ist aufgefallen, daß es in der heutigen schweren Zeit beispielsweise nicht unüblich ist, wenn Kunden die Weintrauben probieren, bevor sie sie kaufen.

Ich wartete noch, bis ich schließlich meine Frau hereinkommen sah. Mein Herz begann zu jagen. Wenn es damit nicht aufhört, bringt es sich eines Tages noch um – und mich dazu. Eines war mir natürlich klar: Es bestand nur eine Chance von fünfzig Prozent, daß meine Frau eine der tödlichen Packungen zubereiten würde. Doch das ist ja bei diesem kulinarischen Russischen Roulette eine recht hohe Wahrscheinlichkeitsquote. Dennoch bearbeitete ich bei meinem nächsten Besuch fünfzehn Packungen mit frischem Nachschub. Schließlich ist nicht bloß meine Frau zu bedenken, sondern auch ihr Liebhaber, der mit ihr zusammenlebt, sowie ihre entfernteren Verwandten, die alle in der Gegend wohnen und deren einfältige Gesichter und übergewichtige Gestalten ich oft in den Gängen des Supermarkts zwischen den Soßen und den tiefgefrorenen Desserts sehe.

Nachdem ich von irgendwelchen Folgen meiner Aktion weder etwas gehört noch gesehen hatte, mußte ich zu guter Letzt auch noch meinen letzten Knollenblätterpilz opfern und erntete die nach Kartoffeln riechenden Pflanze vom Kompost unter der Steineiche. Diesmal – ich war etwas spät dran – waren nur noch vierzehn Packungen mit Mischpilzen übrig, und es dauerte keine zwei Minuten, bis sich der Inhalt des Joghurtbechers zwischen die gebuchteten Lamellen und ellipsenförmigen Häutchen schmiegte. Kaum war ich fertiggeworden, sah ich sie drüben bei den exotischen Früchten hereinkommen und machte mich mit rasendem Herzen rasch davon.

Drei Tage später erfuhr ich aus einer kleinen Zeitungsmeldung, daß der Supermarkt aufgrund von zwei unerklärlichen Todesfällen sowie mehreren Fällen ernsthafter Erkrankung sämtliche »Mischpilze« zurückgezogen hatte. Bei den Toten handelte es sich aber leider weder um sie noch um ein Mitglied ihrer Sippe. Wenn Gras über die Sache gewachsen ist und »Mischpilze« wieder im Angebot sind, muß ich nächstes Jahr eben noch einmal von vorn anfangen.

Im Augenblick ist das Erdreich unter der Steineiche mit Schnee bedeckt. Sämtliche Pilze wurden ein Opfer des Frosts. Ich werde die Stelle markieren, an der die Sporen des Knollenblätterpilzes tief unten in der Erde ruhen, denn dort darf nicht herumgetreten oder gegraben werden. Außerdem muß ich mir eine Mnemotechnik ausdenken, um mir die genaue Stelle merken zu können. Ach, ich liebe mein Schätzchen mit mn, denn sie ist mnemisch, ich hasse sie mit mn, denn sie ist mnemonisch, sie heißt Mnemosine mit Namen und ist die Göttin der Erinnerung ...

Das brennende Ende

Nachdem sie Betty ein ganzes Jahr lang gepflegt hatte, kam Linda eines Tages der Gedanke, daß diese Aufgabe nur deswegen an ihr hängenblieb, weil sie eine Frau war. Dabei war Betty Brians Mutter, nicht ihre eigene, außerdem hatte Betty noch zwei andere Kinder, zwei ledige Söhne. Niemand war je auf die Idee gekommen, einer von ihnen könnte die Pflege ihrer Mutter übernehmen. Betty hatte Linda noch nie besonders leiden können und deutete manchmal an, Brian habe unter seinem Stand geheiratet. Einmal hatte sie in einem Wutanfall gesagt, Linda sei für ihren Sohn »nicht gut genug«. Trotzdem war Linda diejenige, die sich jetzt um sie kümmerte. Sie kam sich ziemlich idiotisch vor, weil ihr die Sache nicht schon früher klargeworden war.

Sie wußte, daß ein Gespräch mit Brian nicht viel bringen würde. Er würde sagen – und sagte es auch –, so etwas sei Frauensache. Ein Mann könne doch bei einer alten Frau keine intimen Dinge verrichten, das schicke sich nicht. Als Linda wissen wollte, warum nicht, erwiderte er, sie solle sich nicht dumm stellen, das wisse doch jeder.

»Und wenn statt ihr dein Vater noch leben würde und bettlägerig wäre, müßte ich den dann auch pflegen?«

Brian blickte sie über den Rand seiner Abendzeitung an. Er hatte die Fernbedienung in der Hand, schaltete aber nicht leiser. »Er lebt aber nicht mehr, oder?«

»Nein, aber wenn?«

»Na, dann hättest du ihn auch gepflegt. Wer denn sonst? Die Jungs sind ja nicht verheiratet.«

Jeden Morgen, nachdem Brian auf den Hof gegangen war und bevor sie selbst zur Arbeit ging, fuhr Linda die Straße hinunter, bog an der Kirche links ab auf die Landstraße und kam nach einer Meile zu dem Cottage auf dem großen Grundstück, wo Betty seit dem Tod ihres Mannes vor zwölf Jahren lebte. Betty schlief im hinteren Zimmer im Erdgeschoß. Bei Lindas Eintreffen war sie regelmäßig schon wach – obwohl diese immer vor halb acht ankam – und behauptete stets, sie sei schon seit fünf Uhr auf.

Linda half ihr beim Aufstehen und wechselte die Inkontinenzeinlage. Meistens mußte sie morgens die Bettwäsche ebenfalls wechseln. Sie wusch Betty und zog ihr ein frisches Nachthemd, ein sauberes Bettjäckchen, Socken und Hausschuhe an. Danach hob sie Betty unter deren lautstarkem Wehgeschrei hoch und bugsierte sie, so gut sie konnte, auf einen Sessel, in dem Betty den ganzen Tag verbringen würde. Dann kam das Frühstück an die Reihe: gesüßter Tee mit Milch, dazu Brot mit Butter und Marmelade. Betty weigerte sich, die Schnabeltasse zu benutzen. Was dachte Linda eigentlich, daß sie etwa noch ein Baby sei? Sie trank aus einer Tasse, und wenn Linda vergessen hatte, eins von diesen Baumwolltüchlein unterzulegen, die früher in der Tat für Babys benutzt worden waren, würde der Tee auf dem sauberen Nachthemd landen und Betty müßte erneut umgezogen werden. Nachdem Linda gegangen war, kam die Gemeindeschwester, allerdings nicht jeden Tag. Die Frau von »Essen auf Rädern« brachte Betty ihr Mittagessen, in Aluminiumbehälter abgepackte Sachen, die alle mit Etiketten beschriftet waren. Später kam dann Brian. Das heißt, er »schaute mal vorbei«. Nicht um etwas zu *tun*, etwas wegzuräumen oder seiner Mutter eine Tasse Tee zu machen oder ein bißchen staubzusaugen, sondern um sich zehn Minuten in Bettys Schlafzimmer zu setzen, eine Zigarette zu rauchen und fernzusehen. Vielleicht einmal pro Monat kam der Bruder, der zwei Meilen entfernt wohnte, auf zehn Minuten vorbei, um mit Brian gemeinsam fernzusehen. Der andere Bruder, der zehn Meilen weiter weg wohnte, kam – außer an Weihnachten – überhaupt nie. Daß Brian dagewesen war, merkte Linda daran, daß es nach Rauch roch und der ausgedrückte Zigarettenstummel im Aschenbecher lag. Doch auch ohne Rauchgeruch und Kippe wüßte sie es, denn Betty erzählte es ihr jedesmal. Betty fand, Brian sei ein Engel, weil er sich für ein paar Minuten von der Arbeit auf dem Hof freimachte, um seine alte Mutter zu besuchen. Sie konnte zwar nicht mehr deutlich sprechen, doch wenn es um Brian ging, den wunderbarsten Sohn, den je eine Mutter hatte, wurde sie gesprächig.

Gegen fünf kam Linda zurück. Normalerweise mußte die Inkontinenzeinlage erneut gewechselt werden und oft auch das Nachthemd. Dafür, daß Betty krank und teilweise gelähmt war, hatte sie einen gesegneten Appetit. Linda machte ihr ein Rührei oder Sardinen auf Toast. Sie brachte Kuchen aus der Konditorei mit und im Sommer Erdbeeren mit Sahne. Sie machte Betty noch einen Tee und hievte sie nach dem Essen irgendwie wieder ins Bett.

Das Schlafzimmerfenster wurde nie geöffnet. Betty ließ es nicht zu. Weil es im Zimmer nach Urin und Lavendel, Kampfer und »Essen auf Rädern« roch, machte Linda immer morgens vor der Arbeit im Vorderzimmer das Fenster auf und ließ die Türen offenstehen. Sie tat es aus Gewohnheit, obwohl es nicht viel nützte. Nachdem sie Betty zu Bett gebracht hatte, wusch sie die Teller und Teetassen ab und steckte die ganze schmutzige Wäsche in einen Plastiksack, um sie mit nach Hause zu nehmen. Die Frage, die sie Betty vor dem Weggehen stellte, war inzwischen bedeutungslos geworden, denn Betty lehnte jedesmal ab, und Linda hatte sie auch seit ihrem Gespräch mit Brian, in dem es darum ging, wer sich um Betty kümmern sollte, nicht mehr gestellt. Doch jetzt stellte sie sie.

»Wäre es denn nicht besser, wenn wir dich zu uns holen würden, Mum?«

Betty hörte manchmal nicht besonders gut. Heute war einer ihrer schwerhörigen Tage.

»Was?«

»Wäre es nicht besser für dich, zu uns zu ziehen?«

»Ich gehe hier erst weg, wenn sie mich mit den Füßen voraus zur Türe heraustragen. Wie oft soll ich dir das denn noch sagen?«

Linda verabschiedete sich bis zum nächsten Morgen. Ziemlich vergnügt bei dieser Vorstellung erwiderte Betty, bis morgen sei sie tot.

»Du doch nicht«, meinte Linda; das sagte sie jedesmal und hatte bisher immer recht gehabt.

Sie ging nach vorn, um das Fenster zuzumachen. Das Vorderzimmer war in einem Stil möbliert, der bereits zu Bettys Jugendzeit altmodisch gewesen sein mußte. In der Mitte standen ein rechteckiger Eßtisch und sechs Stühle mit Sitzen aus verschossenem grünen Seidenstoff. Außerdem gab es dort eine große Anrichte, jedoch keine Sessel, keine Sofatischchen, keine Bücher und Lampen. Nur eine Deckenlampe mit einem Pergamentschirm, dessen einzelne Segmente mit Lederbändern zusammengeschnürt waren, hing direkt über einer Glasvase, die auf einem Spitzendeckchen haargenau in der Tischmitte stand. Seit Betty nach ihrem zweiten Schlaganfall pflegebedürftig geworden war, landete sämtliche Post, alle Wurfsendungen und Prospekte mit Gratisangeboten auf diesem Tisch, der alle paar Monate geleert wurde. Dies war jedoch seit einiger Zeit nicht mehr geschehen, und Linda bemerkte, daß die Glasvase nur noch ein kleines Stückchen aus dem Meer von Papier herausragte. Das Spitzendeckchen war überhaupt nicht mehr zu sehen. Und noch etwas bemerkte sie.

Es war ein warmer, sonniger Tag gewesen, ungewöhnlich warm für einen Apriltag. Das Cottage lag nach Süden, und den ganzen Nachmittag hatte die Sonne durch das Fenster geschienen. Auch jetzt flutete sie noch herein und fiel auf den Hals der Vase, wobei das Glas so stark blendete, daß man kaum hinsehen konnte. An der Stelle, wo ein Blatt Papier das sonnenbeschienene Glas berührte, hatte es angefangen zu brennen. Wie ein Brennglas hatte es auf dem dünnen, bedruckten Blatt eine dunkel verkokelte Spur hinterlassen.

Linda kniff die Augen zusammen. Sie hatte sich nicht getäuscht. Was sie da sehen konnte, war Rauch. Nun roch sie auch das brennende Papier. Einen Augenblick stand sie da und bestaunte dieses Schauspiel. Sie hatte zwar schon davon gehört, es aber nie geglaubt. Ihr fiel ein, daß Pfadfinder zum Feuermachen ein Vergrößerungsglas benutzen, und irgendwo hatte sie einmal gelesen, daß ein Wald abgebrannt war, weil jemand auf einer sonnenbeschienenen Lichtung eine Glasscherbe liegengelassen hatte.

Da nirgends Platz für den Papierstapel war, holte sie eine Plastiktüte und tat alles hinein. Betty rief etwas, doch sie wollte nur wissen, ob Linda noch da war. Linda wischte den Tisch sauber, brachte das Spitzendeckchen und die Glasvase wieder an ihren Platz und fuhr mit dem Sack voller Schmutzwäsche und dem Sack mit Altpapier nach Hause, um zu waschen und für Brian, sich selbst und die Kinder das Abendessen vorzubereiten.

Der Zwischenfall mit der Glasvase, der Sonne und dem brennenden Papier war so interessant gewesen, daß Linda eigentlich Brian, Andrew und Gemma beim Essen davon erzählen wollte. Doch sie sahen sich nebenher die letzte Runde einer Ratesendung im Fernsehen an und baten sie sofort zu schweigen, als sie davon anfangen wollte. Die Gelegenheit ging vorüber, und irgendwie ergab sich bis zum nächsten Tag keine mehr. Inzwischen kam ihr die Geschichte mit der Sonne und dem Glas, das das Papier in Brand gesteckt hatte, aber nicht mehr so aufregend vor, und Linda beschloß, nichts zu sagen. In den folgenden Wochen fragte Brian seine Mutter ein paarmal, ob sie denn zu ihnen auf den Bauernhof ziehen wollte. Bettys Antwort fiel ganz anders aus als damals, als Linda sie gefragt hatte. Brian und seine Kinder, meinte Betty, brauchten sich doch nicht mit einer unnützen alten Frau unter ihrem Dach herumzuschlagen, Alter und Jugend seien nun mal nicht fürs Zusammenleben bestimmt, obwohl natürlich niemand die großmütige Bitte ihres Sohnes mehr zu schätzen wisse als sie. Währenddessen ging Linda weiter hinüber und kümmerte sich um Betty, putzte samstags das Haus und machte für Betty die Wäsche.

Eines Nachmittags, als Brian wieder bei seiner Mutter

saß und eine Zigarette rauchte, kam der Arzt zu einem seiner zweimal jährlich stattfindenden Besuche vorbei. Strahlend meinte er zu Betty, das sei aber nett, daß ihre Familie bei ihr sei. Beim Weggehen sagte er zu Brian, es sei für die alten Leutchen doch am besten, wenn sie ihren Lebensabend möglichst zu Hause verbringen könnten. Zu der Zigarette gab er keinen Kommentar. Offensichtlich hatte Brian einen Berg Wurfsendungen vom Fußabstreifer vor der Haustür hereingeholt sowie das neue Telefonbuch, denn alles lag im Vorderzimmer auf dem Tisch, als Linda um zehn vor fünf ankam. Im Laufe der letzten Wochen hatte sich wieder viel Papier angesammelt, doch als sie nach einem Plastiksack suchte, sah sie, daß der Vorrat aufgebraucht war. Sie nahm sich vor, welche zu kaufen, und mußte die schmutzige Bettwäsche und die zwei nassen Nachthemden von Betty diesmal in diesem Kissenbezug nach Hause tragen. Die Sonne schien nicht, es war ein trüber Tag gewesen, und der Wetterbericht sagte Regen voraus. Von der Verbindung zwischen Glasvase und Papierstapeln ging also keine Gefahr aus. Die Sachen konnten ruhig an ihrem Platz bleiben.

Auf dem Heimweg fiel Linda plötzlich ein, daß es doch am einfachsten wäre, nicht das Papier, sondern die Vase zu entfernen. Doch als sie am nächsten Tag wiederkam, stellte sie die Vase nicht weg. Sie hatte das seltsame Gefühl, wenn sie die Vase auf den Kaminsims oder die Anrichte stellte, versperrte sie sich etwas, verpaßte sie eine Gelegenheit. Hätte sie die Vase erst einmal entfernt, könnte sie sie nie wieder an ihren Platz zurückstellen, denn obwohl sie jedem leicht erklären könnte, weshalb sie sie vom Tisch genommen hatte, hätte sie nie sagen können, weshalb sie sie wieder hingestellt hatte. Diese Überlegungen beunruhigten sie, und sie verdrängte sie aus ihrem Kopf.

Linda kaufte eine Packung mit fünfzig schwarzen Plastiksäcken, was Betty als üble Geldverschwendung bezeichnete. Als sie noch auf den Beinen gewesen sei, habe sie das Altpapier immer verbrannt. Alle Speisereste, Dosen und Flaschen wurden zusammengeworfen und zur Müllabfuhr hinausgestellt. Von Umweltbewußtsein hatte Betty noch nie etwas gehört. Als Linda an einem heißen Julitag darauf bestand, die Schlafzimmerfenster zu öffnen, behauptete Betty, ihr sei eiskalt und Linda wollte sie umbringen. Linda nahm die Gardinen zum Waschen mit nach Hause; das Fenster im Schlafzimmer machte sie aber nie wieder auf, es lohnte sich nicht, gab nur Ärger.

Als Brians Bruder Michael sich verlobte, fragte sie Brian aber doch, ob sich Suzanne nach ihrer Hochzeitsreise nicht auch einmal zur Abwechslung um Betty kümmern könnte. »Das kannst du doch von so einem jungen Mädchen nicht verlangen«, meinte Brian.

»Sie ist achtundzwanzig«, sagte Linda.

»Sieht man ihr gar nicht an.« Brian schaltete den Fernseher ein. »Übrigens, habe ich dir schon gesagt, daß sie Geoff entlassen haben?«

»Na, dann kann er ja vielleicht bei Betty aushelfen, wenn er nicht mehr arbeiten geht.«

Brian sah sie an und schüttelte nachsichtig den Kopf. »Der ist doch sowieso schon mies dran. Ein ganz schöner Schlag für einen Mann ist das, wenn er auf Stütze angewiesen ist. Ich kann ihn schlecht darum bitten.«

Wieso muß er eigentlich gebeten werden, dachte Linda. Es ist schließlich seine Mutter. Als Linda am nächsten Morgen zum Cottage kam, stand die Sonne hoch am

Himmel und lugte bereits um die Hausecke, um gegen zehn mit voller Kraft durch das vordere Fenster herein zu scheinen. Linda legte die Wurfsendungen auf den Tisch, den Brief und die Postkarte nahm sie mit ins Schlafzimmer. Betty wollte aber nichts davon wissen. Sie war völlig durchnäßt, und das Bett war ebenfalls naß. Linda half Betty beim Aufstehen, zog ihr die nassen Sachen aus und wickelte sie in eine frische Decke, weil Betty behauptete, ihr sei kalt. Als sie gewaschen war und ein sauberes Nachthemd anhatte, wollte sie sich über Michaels Verlobte unterhalten. Es war einer ihrer gesprächigenTage.

»Das dreckige Flittchen«, sagte Betty. »Ich weiß noch, als die fünfzehn war. Die hat es doch mit jedem getrieben. Wer weiß, wieviele Abtreibungen die schon hinter sich hat. Bei der ist da unten doch alles kaputt, würde mich jedenfalls nicht wundern.«

»Ich finde sie eigentlich recht hübsch«, sagte Linda, »und außerdem sehr nett.«

»Alles Fassade. Die hat meinem armen Jungen doch nur mit ihrer Schminke und den gefärbten Haaren den Kopf verdreht. Eins ist sicher, solange ich lebe, setzt die keinen Fuß in dieses Haus.«

Linda machte im Vorderzimmer die Fenster auf. Es wurde bestimmt ein heißer, windiger Tag. Das Haus konnte einen ordentlichen Durchzug gut vertragen. Sie fragte sich, weshalb nie jemand Blumen in dieVase stellte, was nutzte denn eine Vase ohne Blumen. Briefe, Umschläge und Werbeprospekte lagen rund um sie verstreut, und sie sah gar nicht mehr wie eine Vase aus, sondern wie ein Glasrohr, das aus unerklärlichen Gründen zwischen einem Papierstapel und einem Telefonbuch emporragte.

An jenem Tag kam Brian nicht zu Besuch, denn er hatte mit der Ernte angefangen. Als Linda um fünf wiederkam, erzählte ihr Betty, Michael sei dagewesen. Sie zeigte Linda die Pralinen, die er ihr geschenkt hatte, um sich bei ihr »einzuschmeicheln«, wie Betty sich ausdrückte. Ein paar Pralinen mit Veilchencremefüllung hielten sie freilich nicht davon ab, sich über das Flittchen auszulassen.

Die Pralinen waren in der Hitze weich und klebrig geworden, doch als Linda anbot, sie in den Kühlschrank zu stecken, preßte sich Betty die Schachtel fest an die Brust und sagte, sie kenne doch Lindas Vorliebe für Süßes, und wenn sie die Schachtel aus den Augen lasse, würde sie sie nie wiedersehen. Linda wusch Betty und zog ihr frische Sachen an. Während sie sich um Bettys Füße kümmerte, sie um die Zehen herum eincremte und puderte, schlug Betty ihr mit dem Nachttischwecker auf den Kopf, der einzigen greifbaren Waffe.

»Du hast mir wehgetan«, sagte Betty. »Du hast mir absichtlich wehgetan.«

»Nein, Mum, habe ich nicht. Ich glaube, jetzt hast du deinen Wecker kaputtgemacht.«

»Du hast mir absichtlich wehgetan, weil ich dir nichts von meinen Pralinen abgeben wollte, die mein Sohn mir mitgebracht hat.«

Brian sagte, am nächsten Tag werde er das Feld hinter dem Häuschen abernten. Zweihundert Hektar Gerste, und wenn ihn die Hitze nicht vorher umbrachte, sei er bis zum Nachmittag fertig damit. Er hätte seine Mutter versorgen können, er war ja sozusagen um die Ecke, bot es aber nicht an. Linda hätte ihren Ohren auch nicht getraut, wenn er es angeboten hätte.

Es herrschte eine Bruthitze. Schon morgens um halb acht war es heiß. Linda wusch Betty und wechselte die Bettwäsche, dann machte sie ihr Haferflocken zum Frühstück, ein gekochtes Ei und Toast. Von ihrem Bett aus konnte Betty sehen, wie Brian auf dem Mähdrescher seine Runden auf dem Gerstenfeld fuhr, und dies schien ihr außerordentlich zu behagen, wenngleich ihr Vergnügen mit Mitleid vermischt war.

»Er weiß, was harte Arbeit heißt«, sagte Betty, »er schont sich nicht, wenn es darauf ankommt«, so als müßte Brian die zweihundert Hektar mit der Sense mähen, statt oben im Führerhäuschen zu sitzen, mit einer Schachtel Kingsize, einer Dose Cola und dem Walkman auf dem Kopf, der Beatles-Songs aus seiner Jugendzeit spielte.

Linda riß die Fenster im Vorderzimmer weit auf. In ein paar Stunden würde die Sonne herüberkommen und durch dieses Fenster strömen. Ganz oben auf dem Stapel legte sie einen Briefumschlag so zurecht, daß ein aufgerissenes Eckchen die Glasvase berührte. Dann schob sie ihn wieder weg. Sie stand da und betrachtete den Tisch und die Papiere und die Vase. Ein frischer Luftzug ließ die dünneren Bögen leicht flattern. Aus dem Schlafzimmer hörte sie Betty durch das geschlossene Fenster einem Mann etwas zurufen, der ein paar hundert Meter weiter auf einem Mähdrescher saß: »Hallo, Brian, alles in Ordnung bei dir? Weiter so, mein Junge, so ist's recht, das Wetter meint es gut mit dir.« Linda stieß mit ausgestrecktem Finger leicht gegen das aufgerissene Eckchen des Briefumschlags. Im Grunde verschob sie es gar nicht. Sie drehte sich rasch um und lief aus dem Zimmer hinaus, aus dem Haus und zu ihrem Wagen.

Das Feuer muß ungefähr um vier Uhr nachmittags ausgebrochen sein, zur heißesten Zeit an jenem heißen Tag. Brian war bei seiner Mutter gewesen, nachdem er um zwei mit dem Feld fertiggeworden war. Er hatte mit ihr ferngesehen, bis sie gesagt hatte, sie wolle jetzt schlafen. Diejenigen, die sich in solchen Dingen auskannten, meinten, höchstwahrscheinlich sei sie erstickt und gar nicht mehr aufgewacht. Deshalb hatte sie auch nicht mehr um Hilfe gerufen, obwohl das Telefon an ihrem Bett stand.

Ein vorbeifahrender Erntehelfer hatte die Feuerwehr gerufen. Die Zentrale der Freiwilligen Feuerwehr lag fünf Meilen entfernt, und es hatte zwanzig Minuten gedauert, bis sie am Brandort gewesen waren. Da war Betty bereits tot und das Cottage halb zerstört. Niemand hatte Zeit, Linda zu benachrichtigen, und als sie um fünf bei Betty ankam, war alles vorbei. Brian und die Feuerwehrleute standen herum und stocherten in der nassen schwarzen Asche.

Das Testament war eine Überraschung. Jahrelang hatte Betty ohne Waschmaschine und Tiefkühltruhe im Cottage gewohnt, und den Fernseher hatte Brian für sie gemietet. Das Bett, in dem sie schlief, war noch ihr Ehebett, das 1947 einmal neu gewesen war. Seit ihrem Einzug war das Cottage nicht mehr gestrichen worden, und die Küche hatte man kurz nach dem Krieg zum letzten Mal neu eingerichtet. Allerdings hinterließ Betty eine enorme Geldsumme. Linda konnte es kaum fassen. Ein Drittel war für Geoff bestimmt, ein Drittel für Michael, und das restliche Drittel sowie das Cottage, beziehungsweise dessen Überreste, bekam Brian.

Die Versicherung übernahm den gesamten Schaden. Es war unmgölich, die Ursache des Feuers festzustellen. Es hing zweifellos mit der großen Hitze zusammen, mit dem reetgedeckten Dach und den veralteten Stromleitungen. Linda wußte es natürlich besser, hielt aber den Mund. Sie behielt ihr Wissen für sich, und es nagte ständig an ihr, bereitete ihr schlaflose Nächte und verschlug ihr den Appetit.

Bei der Beerdigung heulte Brian. Alle drei Brüder zeigten sich gramgebeugt und schmerzbeladen, doch niemand sagte Brian, er solle sich zusammennehmen und tapfer sein, sondern man legte ihm noch den Arm um die Schultern und meinte, er sei doch ein prächtiger Sohn gewesen und habe sich überhaupt nichts vorzuwerfen. Linda weinte nicht, sondern verfiel bald darauf in tiefe Depressionen; nichts konnte ihr heraushelfen, weder die ärztlich verordneten Beruhigungsmittel, noch Brians Versprechen, irgendwo ganz toll Urlaub zu machen, wenn sie wollte, sogar im Ausland, und auch nicht die Beteuerungen der anderen, Betty habe keine Schmerzen gehabt, sondern sei einfach im Raum eingeschlafen.

Dem Antrag zum Bau eines neuen Hauses auf dem Grundstück des Cottage wurde von der Behörde stattgegeben und die Erlaubnis erteilt. Warum sollten sie eigentlich nicht selbst dort wohnen, meinte Brian, er und Linda und die Kinder? Das Bauernhaus war alt und unpraktisch, schwer sauberzuhalten, genau das Richtige als Wochenendhaus für Großstadtbewohner aus London. Wie wäre es mit einem modernen Haus, sagte er, mit allen Schikanen, zwei Badezimmern etwa, einer Waschküche und einer Glasveranda? Du darfst es selbst entwerfen, kümmere dich nicht um die Kosten, sagte er, denn er machte sich Sorgen um seine Linda, die immer so resolut und tüchtig gewesen war, so unbeschwert und leicht zu begeistern, und aus der nun eine unglückliche, schweigsame Frau geworden war.

Linda weigerte sich umzuziehen. Sie wollte kein neues Haus, vor allem nicht an der gleichen Stelle wie das alte Cottage. Sie wollte auch keinen Urlaub und kein Geld für neue Kleider. Sie weigerte sich, Bettys Geld anzurühren. Wegen der Depressionen hatte sie ihre Stelle aufgeben müssen, doch obwohl sie nun den ganzen Tag zu Hause war und morgens und abends keine alte Frau mehr zu versorgen hatte, rührte sie keinen Finger im Haus, und Brian mußte eine Putzfrau einstellen.

»Sie hing anscheinend viel mehr an Mum, als ich dachte«, sagte Brian zu seinem Bruder Michael. »Sie hat ihre Gefühle ja noch nie recht herausgelassen, aber anders kann ich es mir nicht erklären. Mum hat ihr wohl viel mehr bedeutet, als ich je geahnt habe.«

»Oder sie hat Schuldgefühle«, sagte Michael, dessen zukünftige Schwägerin mit einem Mann verheiratet war, dessen Bruder Psychologe war.

»Schuldgefühle? Das soll wohl ein Witz sein. Weswegen sollte sie sich denn schuldig fühlen? Linda hätte nicht mehr für sie tun können, wenn Mum ihre eigene Mutter gewesen wäre.«

»Ja, schon, aber manche kriegen wegen rein gar nichts Schuldgefühle, wenn jemand stirbt, das ist eine altbekannte Tatsache.«

»Ach ja, wirklich? So ist das also, Herr Doktor? Paß auf, ich will dir mal was sagen. Wenn jemand Schuldgefühle haben sollte, dann ich. Ich habe keiner Menschenseele was davon gesagt, konnte ich ja schlecht, wenn ich die Versicherung kassieren wollte, aber Tatsache ist, daß ich die Hütte angezündet habe.«

»Was hast du?« sagte Michael.

»Natürlich nicht mit Absicht. Mann, wofür hältst du mich eigentlich, mein eigener Bruder? Trotzdem habe ich keinerlei Schuldgefühle, ehrlich, nicht im geringsten. So was kann nun mal passieren, da ist überhaupt nichts zu machen. Aber als ich an dem Nachmittag damals bei Mum war, habe ich meine brennende Zigarette auf der Kommodenkante liegenlassen. Du weißt schon, wie man sie manchmal hinlegt, mit dem brennenden Ende nach vorn. Linda hatte den verdammten Aschenbecher weggetan, um ihn auszuwaschen oder was weiß ich. Als ich sah, daß Mum eingeschlafen war, habe ich mich davongeschlichen und die Kippe brennen lassen. Ohne mich noch mal umzudrehen.«

Fassungslos flüsterte Michael: »Wann hast du es gemerkt?« »Sobald ich den Rauch sah und die Feuerwehr. Aber da war's schon zu spät, oder? Ich bin davongeschlichen, ohne mich noch mal umzudrehen.«

Der Gott der Liebe

»Hast du die *Times*?« fragte Henry gewöhnlich gegen acht Uhr, wenn sie den Abendbrottisch abgedeckt und das Geschirr in die Spülmaschine geräumt hatte.

Die *Times* lag zusammen mit den beiden anderen Tageszeitungen, die sie abonniert hatten, auf dem Couchtisch, doch seine Frage gehörte zum täglichen Ritual. Und Fiona wollte gefragt werden. Sie sah gern zu, wenn Henry das Kreuzworträtsel löste.

Natürlich nicht das einfache, schnelle, sondern das *richtige*, komplizierte; sie beobachtete ihn, wenn er ein wenig die Stirn runzelte und sie sich wieder glättete, sobald ihm das passende Wort eingefallen war. Sie selbst (betonte sie immer) hätte nicht um alles in der Welt ein Kreuzworträtsel lösen können. Sie schaffte nicht einmal die ganz simplen in den Boulevardblättern.

Während sie Henry beobachtete, bevor er wie so oft mit der Zeitung in seinem Arbeitszimmer verschwand, sagte sich Fiona, wie glücklich sie sich doch schätzen durfte, mit einem Mann wie Henry verheiratet zu sein. Ihr Glück grenzte fast an ein Wunder. Sie war ihm damals als Zeitsekretärin zugeteilt worden, solange seine Sekretärin im Mutterschaftsurlaub war. Sie war eine einfache, nicht besonders hübsche junge Frau ohne Zeugnisse und Referenzen, jedoch mit einem guten Ordnungssinn. Außerdem konnte sie gut mit Textverarbeitungssystemen umgehen. Gleich von Anfang an empfand sie ihm gegenüber nichts als unverhohlene Bewunderung.

In der Firma wurde er allerdings nicht in dem Maße geschätzt, wie er es eigentlich verdient hätte. Es kam ihr oft vor, als sähe nur sie, was tatsächlich in ihm steckte. Nachdem sie eine Woche mit ihm zusammengearbeitet hatte, verriet sie ihm, sie fände ihn außerordentlich intelligent.

»Na ja, ich habe einen ziemlich hohen IQ«, hatte Henry bescheiden erwidert. »Bloß kommt der hier nicht so recht zur Geltung.«

»Die sind hier wohl nicht clever genug, um Ihr Potential zu erkennen«, sagte sie. »Es muß ein wunderbares Gefühl sein, wenn man so intelligent ist. Sie hatten bestimmt ein Begabtenstipendium und haben Ihr Examen mit Auszeichnung gemacht, ja?«

Er lächelte nur und lud sie statt einer Antwort zum Abendessen ein. Eines Nachmittags, eine halbe Stunde vor Büroschluß, ertappte sie ihn dabei, wie er das Kreuzworträtsel in der *Times* löste.

»Während der Arbeitszeit, Fiona, tut mir leid ...«, sagte er mit seinem wunderbaren, zerknirschten Lächeln.

Er hatte das Rätsel bereits zur Hälfte gelöst, und als sie danach fragte, sagte er, er habe erst vor zehn Minuten damit angefangen. Fiona war sprachlos vor Bewunderung. Henry meinte, er würde das Rätsel später fertigmachen, und wollte wissen, ob sie vielleicht auf dem Heimweg noch irgendwo etwas mit ihm trinken wolle.

Das war nun drei Jahre her. Die Firma, die wegen offenkundigen Mißmanagements den Bankrott verdiente, geriet in Schwierigkeiten, und Henry gehörte zu denen, die entlassen wurden. Selbstverständlich fand er bald darauf eine neue Stelle, wenngleich das Gehalt für einen Mann mit seinen intellektuellen Fähigkeiten miserabel war. Er verdiente kaum mehr als sie, wie sie ihn empört wissen ließ. Kurz darauf hielt er um ihre Hand an. Fiona war überwältigt. Sie erwiderte schüchtern, sie hätte auch ohne Heirat liebend gern mit ihm zusammengelebt, es habe in ihrem Leben noch keinen gegeben, der ihm intellektuell das Wasser reichen könnte, und sie wäre vollkommen zufrieden gewesen, einfach sein Leben zu teilen. Doch er bestand darauf, entweder Heirat oder gar nichts. Es sei unfair, sie nicht zu heiraten.

Sie behielt ihren Job als Zeitsekretärin und achtete darauf, immer vor Henry zu Hause zu sein, um ihm das Abendessen zu kochen. Es war Unsinn, Geld für eine Putzfrau zu verschwenden, also machte sie sonntags das Haus sauber. Samstag morgens spielte Henry immer Golf und hatte es gern, wenn sie ihn begleitete, obwohl sie eine hoffnungslose Schülerin war. Er behauptete, es inspiriere ihn, wenn sie bei ihm sei und seinen Schlag bewundere. Samstag nachmittag machten sie Ausflüge mit dem Wagen, und Henry hatte angefangen, ihr das Autofahren beizubringen.

Sie hatten einen ziemlich großen Garten – für den Hauskauf hatten sie eine horrende Hypothek aufgenommen –, und Fiona bemühte sich nach Kräften, ihn in Ordnung zu halten, da Henry natürlich keine Zeit dafür hatte. Er war in einer neuen Firma an einem großen Projekt beteiligt, an dem er auch an den meisten Abenden noch Zuhause in seinem Arbeitszimmer arbeitete. Fiona erledigte in ihrer Mittagspause die Einkäufe, kochte und besorgte die ganze Wäsche und das Bügeln. Sie empfand es als Privileg, für so einen brillanten Mann wie Henry sorgen zu dürfen. Außerdem war seine Arbeit viel anstrengender als ihre,

und er war beruflich so eingespannt, daß er abends bleich
vor Erschöpfung ins Bett sank.

Trotzdem war Henry morgens immer der erste. Als
Frühaufsteher war er bereits um halb sieben auf den Beinen und brachte ihr immer eine Tasse Tee und die Morgen-
zeitungen ans Bett. Fiona hatte morgens nichts zu tun,
als das Frühstücksgeschirr in die Spülmaschine zu räumen und die Zeitungen vom Vortag in den Altpapier-
schrank vor der Haustür zu stecken, bevor sie erst mit dem
Bus und anschließend mit der U-Bahn zur Arbeit fuhr. Die
Times lag gewöhnlich zuoberst und war so gefaltet, daß
das linke untere Viertel der Rätselseite zu sehen war.
Fiona begriff bald, daß dies kein Zufall war. Es war pure
Absicht, den Teil der Zeitung mit dem Kreizworträtsel,
dem *gelösten* Kreuzworträtsel, zur Schau zu stellen. Damit wollte Henry zeigen, wie stolz er auf seine Leistung
war, und Fiona war tief gerührt, daß er es sie sehen lassen wollte. Es rührte sie, wie sehr er ihre Bewunderung
brauchte. Vielleicht war es ein Zeichen von Schwäche,
doch sie liebte ihn dafür umso mehr. Ein Lächeln, halb
bewundernd, halb zärtlich, trat auf ihre Lippen, als sie die
in sauberer Druckschrift ausgefüllten Kästchen mit den
unverständlichen Wörtern betrachtete. Sie hätte an einer
Hand abzählen können, wie oft er das Kreuzworträtsel
unvollendet liegengelassen hatte: am Abend vor dem Tod
seines Vaters, zum Beispiel. Damals hatte es bestimmt
daran gelegen, daß er sich große Sorgen gemacht hatte. Sie
hatten ihn morgens um vier Uhr aus dem Bett geholt, und
als Fiona einen Blick auf die Zeitung warf, bevor sie sie zu
den anderen hinausbrachte, stellte sie fest, daß der arme
Henry nur vier Spalten ausgefüllt hatte. Ein andermal
hatte er Grippe gehabt und morgens nicht aufstehen kön-

nen. Nach seinen unzureichenden Versuchen am Kreuzworträtsel zu schließen, mußte die Krankheit schon am Abend vorher im Anzug gewesen sein, denn es waren nur zwei Antworten dünn mit Bleistift eingetragen gewesen.

Der Vater hinterließ Henry ein Haus von beträchtlichem Wert. Wenn er befördert werde, hatte Henry immer gesagt, könnte sie ihre Stelle aufgeben, und sie könnten ein Baby haben. In der gegenwärtigen schwierigen wirtschaftlichen Lage schien eine Beförderung jedoch immer unwahrscheinlicher; außerdem wußte die neue Firma Henry auch nicht viel mehr zu schätzen als die alte. Doch der Erlös aus dem Verkauf des geerbten Hauses würde sie dafür entschädigen. Als Fiona sich schon ausmalte, von dem Geld das Haus abzubezahlen und vielleicht ihren Job zu kündigen, eröffnete Henry ihr plötzlich, er werde das Geld für den Bau eines Swimmingpools verwenden. Sein Leben lang habe er sich einen eigenen Pool gewünscht, es sei der Traum seiner Kinder- und Jugendzeit, und jetzt werde er ihn sich erfüllen. Damals hatte sich wie nie zuvor ein Makel an dem perfekten Bild gezeigt, das Fiona von ihrem Gatten hatte.

»Du willst ja bloß ein Baby, weil du glaubst, der Kleine wird ein Genie«, zog er sie auf.

»Vielleicht wird es ja eine *Sie*«, erwiderte Fiona geradezu herausfordernd.

»›Er‹ oder ›Sie‹, das spielt doch keine Rolle. Nimm mal an, er erbt meine Schönheit und deine Intelligenz. Das wäre ein schöner Schlag ins Wasser!«

Fiona war nicht beleidigt, denn was ihre Intelligenz betraf, hatte sie sich nie Illusionen gemacht. Und spielte er mit seiner Bemerkung denn nicht darauf an, daß sie gut aussah? Sie brachte ein Lachen zustande. Sie verstand, daß Henry nicht anders konnte. Er war eben manchmal etwas schwierig. Das war der Preis, den einer wie er für seine brillanten Fähigkeiten zahlen mußte. Überragende Intelligenz konnte in gewissem Sinn auch eine Bürde sein, an der man ein Leben lang zu tragen hatte.

»Wir bekommen ein beheiztes Schwimmbad, schön groß und an einer Stelle richtig tief«, sagte Henry. »Und dann bringe ich dir das Schwimmen bei.«

Die Fahrstunden waren ein Reinfall gewesen. Hätte ein anderer als Henry sie unterrichtet, Fiona hätte ihn einen harten, ungeduldigen Lehrer genannt. Natürlich wußte sie, wie ungeschickt sie war. Sie begriff die Gangschaltung nicht und hatte Angst vor dem Verkehr.

»Ich habe aber Angst vor Wasser«, gestand sie.

»Eine Schande ist das«, sagte er, als hätte er ihr gar nicht zugehört, »eine Frau mit dreißig, die noch nicht schwimmen kann.« Und als sie nur unsicher nickte: »Hast du die *Times*?«

Der Bau des Swimmingpools verschlang die gesamte Summe, die der Verkauf von Henrys geerbtem Haus eingebracht hatte. Er kostete sogar noch mehr, und Henry mußte einen Kredit aufnehmen. Um den Pool wurde eine überdachte Halle gebaut, was die Mehrkosten ausmachte. Die Halle und das ausgeklügelte Reinigungssystem. An der tiefsten Stelle war das Becken zweieinhalb Meter tief und hatte ein Sprungbrett und eine Wasserrutschbahn.

Glücklicherweise wurde Fionas Schwimmunterricht auf unbestimmte Zeit verschoben. Henry genoß seinen neuen Pool so sehr, daß er seine Schwimm- und Tauchübungen nur ungern unterbrochen hätte, um seiner Frau die Grundzüge beizubringen. Fiona nahm an, daß Henry ein ausgezeichneter Schwimmer sei. Er war einfach ein Tausendsassa. Es gab einen lateinischen Ausdruck, den er ihr einmal übersetzt hatte und der ihrer Meinung nach genau auf ihn zutraf: *mens sana in corpore sano*. Für *sana* oder »gesund« setzte sie »wunderbar« ein. Gern hätte sie am Pool gesessen und ihm zugesehen, und sie fand es schade, daß seine bevorzugte Schwimmzeit morgens um halb sieben war, also lange, bevor sie aufstand.

Eines Abends beim Kreuzworträtsel fragte er sie bei einem Lösungswort um Rat. »Um Rat« war vielleicht nicht der richtige Ausdruck. Er sprach wohl eher seine Gedanken laut aus und wartete ab, was sie dazu sagte. Für Fiona waren diese Bemerkungen, gespickt mit Hinweisen auf unbekannte Gestalten aus der Literatur und dem klassischen Altertum, fast völlig unverständlich. Natürlich hatte sie zum Beispiel von »Psyche« gehört, aber nur im Zusammenhang mit »psychologisch«, »psychiatrisch« und so weiter. Für sie war Amor ein dickes Baby mit Flügeln, und sie wußte nicht, daß es auch ein anderer Name für Eros war, den sie nur als Statue kannte.

»Entschuldige, aber ich verstehe das überhaupt nicht«, sagte sie bescheiden.

Henry liebte es zu dozieren. Mit einer seltenen Geste der Zärtlichkeit ergriff er ihre Hand und drückte sie. »Psyche war mit Amor verheiratet, der natürlich ein Gott war, der Gott der Liebe. Er kam immer nachts zu ihr, damit sie sein Gesicht nicht sah. Stell dir vor, ihr Mann wäre ein schrecklich häßliches, verkrüppeltes Monster gewesen! Gegen seinen ausdrücklichen Wunsch« – und an dieser Stelle musterte Henry seine Frau mit strenger Miene – »stand sie eines Nachts im Dunkeln auf und ging mit einer brennenden Kerze zu Amors Schlaflager. Kaum hatte sie einen Blick auf seine unvergleichliche Schönheit geworfen, fiel ein Tropfen heißes Wachs auf die nackte Haut des Gottes. Mit einem Schrei sprang er auf und floh aus dem Haus. Sie hat ihn nie wiedergesehen. Siehst du, sie hätte ihm eben gehorchen sollen. Trotzdem, ich glaube nicht, daß es hier hinpaßt – Moment, doch, jetzt weiß ich. Na klar, die zweite Silbe ist ein Anagramm von Eros ...« Henry fügte die Buchstaben in seiner gestochenen Schrift ein. Ein verhohlener Blick sagte ihr, daß er fast die Hälfte des Rätsels gelöst hatte. Sie unterdrückte ein Gähnen. Zu dieser Stunde war sie abends immer so müde, daß sie sich kaum wach halten konnte, während Henry noch ewig aufbleiben wollte. Menschen wie er brauchten nie mehr als vier oder fünf Stunden Schlaf.

»Ich glaube, ich gehe dann nach oben«, sagte sie.

»Gute Nacht«, sagte er und fügte freundlich hinzu: »Liebling.« Das Samstagsrätsel löste Henry seltsamerweise nie. Fiona fand das bedauerlich, denn das war der Tag, an dem die ersten richtigen Lösungen prämiert wurden. Aber Henry lächelte nur und sagte, er löse das Kreuzworträtsel aus rein intellektuellem Vergnügen und nicht, um etwas zu gewinnen. Man wußte natürlich nicht, ob man die korrekten Antworten eingetragen hatte, denn die Lösung des Samstagsrätsels erschien nicht am darauffolgenden Tag, sondern erst eine Woche später. Als sie ihn, vielleicht etwas naiv, darauf hinwies, wurde Henry unerwartet böse. Jeder wisse doch, daß es bei diesen Rätseln nur eine korrekte Lösung gab, erklärte er; sogar Leuten, die nie Kreuzworträtsel lösten, sei das klar. Wenn Henry morgens aufstand, war es noch dunkel. Manchmal merkte sie, wenn er das Schlafzimmer verließ und seine Bettseite leer war. Gelegentlich hörte sie eine halbe Stunde später den Zeitungsjungen kommen, das Klappern der Briefkastenklappe und sogar das dumpfe Geräusch, mit dem die *Times* auf die Fußmatte fiel. An den meisten Tagen merkte sie jedoch nichts, bis Henry mit dem Tee und der Zeitung an ihr Bett kam.

Obwohl Henry es nicht darauf anlegte, bei ihr Schuldgefühle zu erzeugen, weil sie gern ausschlief, schämte sie sich, daß sie sich nicht zum Aufstehen aufraffen konnte. Es war irgendwie untypisch für ihn, gar nicht seine Art, sie zu bedienen. Ansonsten tat er tagsüber nichts dergleichen, und manchmal dachte sie sich, daß ein solch selbstloses Bemühen für einen hochgeistigen und – jawohl, zugegeben – so extrem ungeduldigen Menschen schwer erträglich sein mußte. Daß er nie klagte oder sie auch nur wegen ihrer Langschläferei neckte, verstärkte ihre Schuldgefühle nur noch zusätzlich.

Beim Einkaufen in der Mittagspause besorgte sie einen Wecker. Sie hatten nie einen besessen, hatten auch keinen gebraucht, denn Henry wachte immer zu dem Zeitpunkt auf, den er sich vorher festgesetzt hatte. Fiona versteckte den Wecker in ihrer Nachttischschublade, wo niemand ihn sehen konnte. Obwohl sie gar nichts getan hatte, den Wecker noch gar nicht gestellt hatte, beschlich sie das Gefühl, Henry zu hintergehen, weil sie ihm nichts von dem Kauf erzählt hatte. Es war das erste Mal, daß sie so etwas tat und vielleicht, überlegte sie, war es unvermeidlich, daß ihr gerade jetzt wieder Amor und Psyche einfielen und das Ergebnis von Psyches ebenso harmloser List. Der Wecker blieb im Nachttisch. Jeden Abend nahm sie sich vor, ihn zu stellen, tat es aber nie. Als Folge dieser täglichen Überlegungen und Zweifel wachte sie nun ohne technische Hilfe auf. Allein durch den Gedanken daran schreckte sie aus dem Schlaf, und kaum war Henry in Badehose und Bademantel aus dem Schlafzimmer gegangen, war sie hellwach. Am dritten Morgen blieb sie noch zehn Minuten liegen und stand dann auf, statt bis halb acht weiterzudösen.

Bestimmt schwamm Henry schon seine Bahnen im Pool. Sie hörte den Zeitungsjungen, das Klappgeräusch am Briefkasten und den dumpfen Ton, mit dem die Zeitungen auf die Matte fielen. Sollte sie auch ihren Badeanzug oder gleich die richtigen Kleider anziehen? Schließlich entschied sie sich für einen Kompromiß und schlüpfte in einen Trainingsanzug, der noch nie ein Training und kaum je das Tageslicht gesehen hatte.

An diesem Morgen wollte sie diejenige sein, die Henry den Tee und die Zeitungen brachte. Als sie jedoch unten an der Treppe ankam, lag überhaupt keine Zeitung auf der Matte, sondern nur ein brauner Umschlag mit einer Rechnung. Bestimmt hatte sie sich verhört, und es war der Postbote gewesen. Es war Punkt sieben, also vielleicht noch etwas früh für die Zeitung. Fiona ging in Richtung Swimmingpool. Wenn sie Henry sah, wollte sie ihm bloß zuwinken, ihm vielleicht freundlich zurufen »schwimm ruhig weiter!« oder eine andere nette Bemerkung.

Die Glastür zum Schwimmbad war nur angelehnt. Fiona war barfuß. Sie stieß die Tür auf und trat lautlos ein. Der kalte, beißende Chlorgeruch brannte ihr in der Nase. Draußen war es noch dunkel, doch dämmerte es allmählich, und das purpurblaue Morgenlicht schimmerte durch das Deckenfenster. Henry war gar nicht im Wasser, sondern saß keine zwei Meter von ihr entfernt in einem der Korbstühle am Glastisch. Der Schein der Deckenlampe fiel auf die beiden Zeitungen direkt vor ihm. Beide waren so gefaltet, daß die Rätselseiten oben lagen.

Fiona sah sofort, was er machte. Das war nicht schwierig. Aus der aktuellen *Times* trug er die Lösung des Kreuzworträtsels in die Zeitung vom Vortag ein. Sie konnte es deutlich sehen, wollte es aber im ersten Moment nicht glauben. Es war bestimmt ein Witz oder hatte irgend etwas anderes zu bedeuten.

Als er sich umdrehte und dabei hastig die beiden Zeitungen mit der *Radio Times* bedeckte, konnte sie an seinem Gesichtsausdruck ablesen, daß es weder ein Witz war noch ein anderer, unerfindlicher Grund dahintersteckte. Er war kreidebleich geworden. Er brachte keinen Ton hervor, und beim Anblick der panischen Angst in seinen Augen erschrak sie.

»Ich mache uns Tee«, sagte sie.

Am klügsten und gnädigsten wäre es, zu vergessen, was sie gesehen hatte. Das konnte sie aber nicht. In jenem Bruchteil einer Sekunde, den sie in der Tür gestanden und ihn beobachtet hatte, war er in ihren Augen ein anderer Mensch geworden. Sie mußte den ganzen Tag immer wieder daran denken. Es war ihr unmöglich, sich auf die Arbeit zu konzentrieren.

Nie kam ihr der Gedanke, daß er sie hintergangen hatte; nur daß sie ihn ertappt hatte. Wie Psyche hatte sie die Kerze über ihn gehalten und sein wahres Antlitz gesehen. Er war gar nicht der brillante Intellektuelle, für den sie ihn gehalten hatte. Er konnte nicht einmal das Kreuzworträtsel in der *Times* lösen. Nun begriff sie, weshalb er es samstags nie versucht hatte. Er wußte, daß er am darauffolgenden Morgen oder am Montagmorgen keine Gelegenheit haben würde, die Lösungen aus der Zeitung vom

Tage abzuschreiben. Und noch viele andere Wahrheiten über Henry gingen ihr plötzlich auf. Seine Intelligenz wußte deshalb niemand zu schätzen, weil sie gar nicht existierte. Die ausgezeichnete, gutbezahlte Stelle hatte er verloren, weil er ihr geistig nicht gewachsen gewesen war. Das alles wußte sie und liebte ihn um so mehr. Wie sie eine beinahe mütterliche Zuneigung für ihn empfunden hatte, wenn er die Zeitungen mit dem fertiggelösten Rätsel obenauf so hinlegte, daß sie es sehen konnte, war sie jetzt überwältigt vom Mitleid für seine Schwäche und seine kindliche Verletzlichkeit. Sie liebte ihn inniger denn je, und wenn Bewunderung und Respekt auch wegfielen – was bedeutet das schon in der zärtlichen Vertrautheit einer guten Ehe?

An jenem Abend rührte er das Kreuzworträtsel nicht an. Damit hatte sie natürlich schon gerechnet und sagte nichts. Keiner von beiden erwähnte den morgendlichen Vorfall mit einem Wort, und dabei würde es bleiben. Ihre Gefühle für ihn hatten sich völlig verändert, und doch glaubte sie, ihre Haltung ihm gegenüber könnte die gleiche bleiben. Doch als er ein paar Tage später wieder eine Bemerkung machte, es sei für eine Frau in ihrem Alter doch eine Schande, nicht schwimmen zu können, lachte sie, statt ihm reumütig zuzustimmen, und meinte, er solle nicht so intolerant und kritisch sein. Schließlich sei niemand perfekt.

Er gab ihr eine komplizierte Erklärung für ein Finanzproblem, das in den Fernsehnachrichten zur Sprache kam. Es hörte sich falsch an, weil er Dollar und britische Pfund verwechselte, und sie sagte ihm das.

»Seit wann kennst du dich in Börsenangelegenheiten aus?« entgegnete er.

Früher hätte sie sich entschuldigt. »Ich kenne mich genausowenig aus wie du, Henry«, sagte sie. »Aber ich weiß doch, was ich sehe, und das war ein klarer Fall. Meinst du nicht, wir sollten beide zugeben, daß wir nicht die blasseste Ahnung von diesen Dingen haben?«

Sie glaubte nicht mehr an die Korrektheit seiner Übersetzungen aus dem Lateinischen oder an den Wahrheitsgehalt seiner Erzählungen aus dem klassischen Altertum. Als einige Freunde zum Abendessen kamen und seine Lieblingsgeschichte darüber vorgesetzt bekamen, wie sie beim Autofahren versagt hatte, sprang sie lachend auf und legte ihm den Arm um die Schulter. »Armer Henry. Er gerät so leicht in Rage, daß ich Angst hatte, er bekäme einen Herzanfall. Deshalb habe ich lieber aufgehört«, sagte sie.

Er erzählte die Geschichte nie wieder.

»Ist es nicht komisch?« meinte sie eines Morgens auf dem Golfplatz. »Früher fand ich dich ganz toll, weil du ein Handicap von fünfundzwanzig hattest. Ich wußte es nicht besser.« Er gab keine Antwort.

»Es ist doch nicht gut, wenn in einer Ehe der eine Partner zu sehr zum anderen aufblickt, oder? Gleichberechtigung ist am besten. Vermutlich ist es ganz normal, den anderen zu idealisieren, wenn man frisch verheiratet ist. Bei mir hat dieser Zustand nur eben ziemlich lang angedauert.«

Sie hatte nicht mehr die geringste Angst davor, schwimmen zu lernen. Wenn er sie schimpfte, würde sie nur lachen. Im übrigen war er selbst kein besonders guter Schwimmer. Kraulen konnte er gar nicht, und die meisten seiner Sprünge vom Brett endeten in einer Bauchlandung. Sie lag auf die Ellbogen gestützt neben dem Pool und sah

ihm zu, wie er aus dem tiefen Teil die Stufen herauf-
geklettert kam.

»Weißt du, Henry«, bemerkte sie. »Wenn du nicht auf-
paßt, verlierst du deine tolle Figur. Du hast schon einen
ganz schönen Rettungsring um die Taille.«

Sein Gesicht verzerrte sich plötzlich zu einer tragischen
Maske, und so viel unverhülltes Elend lag in seinem
schmerzlichen Blick, daß sie ihr Lachen gerade noch un-
terdrücken konnte und hastig hinzufügte: »Ach, schau
doch nicht so traurig, armer Liebling. Ich würde dich auch
noch lieben, wenn du ein tonnenschwerer Fettkloß
wärst.«

Er ging zwei Stufen rückwärts, streckte die Arme nach
ihr aus und zog sie ins Wasser. Es geschah so rasch und unerwartet, daß sie sich nicht wehrte. Sie schnappte nach
Luft, als sie ins Wasser eintauchte. An dieser Stelle war das
Becken zweieinhalb Meter tief, und sie konnte erst ein
paar Züge schwimmen! Hastig streckte sie die Arme nach
ihm aus und klammerte sich an ihm fest.

Er löste ihren Griff und drückte sie unter Wasser. Sie
wollte schreien, schluckte aber nur Wasser. Verzweifelt
schlug sie in den bläulichgrünen Fluten um sich, kämpfte
in dem ekligen Chlorwasser, sank tiefer und tastete nach
einem Halt, nach der Stange am Beckenrand, seinen Armen, seinen Füßen auf der Treppe. Da stieß ein Fuß nach
ihr, ein anderer trat ihr auf den Kopf. Sie konnte die Luft
nicht länger anhalten, und das Wasser schoß in ihre Lunge,
bis das Licht hinter ihren Augen rot wurde und sich das In-
nere ihres Kopfes verdunkelte. Ein lautes, rhythmisches
Trommeln – bumm, bumm, bumm – erscholl in der Dunkelheit, dann war alles vorbei.

Henry wartete ab, ob die leblose Gestalt an die Oberfläche treiben würde. Er saß lange da, doch sie blieb wie ein Seestern mit dem Gesicht nach unten über dem blaugekachelten Grund in zweieinhalb Metern Tiefe liegen. Er stand auf, zog seinen Bademantel an und ging ins Haus. Was immer geschehen würde und welche Schritte – wenn überhaupt – er auch unternahm, an diesem Abend wollte er jedenfalls das Kreuzworträtsel in der *Times* lösen. Zumindest, so gut er es konnte

Hüterin des Hauses

Das Haus und seine Bewohner waren neu für sie. Wie die meisten anderen hatten sie ihr einen Schlüssel gegeben, und Angela sollte die Katze füttern und den Gummibaum gießen. Nachdem sie das erledigt hatte, ging sie aufgeregt nach oben in das Zimmer, das vermutlich ihr Schlafzimmer war.

Sie hatten vor der Abfahrt aufgeräumt: Die Bettdecken waren straffgezogen, und auf der Frisierkommode stand alles in Reih und Glied. Sie machte die Schränke auf und begutachtete ihre Garderobe. Dann nahm sie den Inhalt der Kommodenschubladen in Augenschein. Eine Schmuckschatulle, Halstücher, Stofftaschentücher, die kein Mensch mehr benutzte. Eine andere Schublade war voll mit Gesichtscremes und anderen Kosmetikartikeln. Die unterste enthielt ein Bündel Briefe, die mit einem rosa Bändchen zusammengehalten wurden. Angela löste das Bändchen und las Nigels Briefe an Maria; die beiden waren die Bewohner des Hauses. Es waren Liebesbriefe, die er vor der Hochzeit an sie geschrieben hatte, voller Zärtlichkeiten, Kosenamen und Versprechungen, was er bei ihrer nächsten Verabredung alles mit ihr anstellen und wie sie darauf reagieren würde. Sie las die Briefe ein zweites Mal, bevor sie sie säuberlich zusammengebunden wieder in die Schublade zurücklegte. Briefe waren ein besonderer Leckerbissen, auf den sie bei ihren Streifzügen in den Häu-

97

sern anderer Leute allerdings nur selten stieß. Briefe waren, wie so vieles, aus der Mode gekommen. Sie ging wieder nach unten und murmelte unterwegs genüßlich ein paar von den Sätzen vor sich hin, die Nigel verfaßt hatte.

In ihrer Nachbarschaft war Angela sehr gefragt: als Babysitter, zum Hundeausführen, Katzenfüttern oder ganz allgemein zum Haushüten. Ihre Kunden, wie sie sie nannte, betrachteten sie als absolut zuverlässig und vertrauenswürdig. Niemand hätte sie je verdächtigt, in Abwesenheit der Bewohner deren Häuser zu durchsuchen. Es wäre Peter und Louise nie in den Sinn gekommen, auf ihren Schubladengriffen Haare zu plazieren, Elizabeth wäre kaum in der Lage gewesen, ihre Sachen auf Fingerabdrücke zu untersuchen, und Miriam und George waren keine sehr aufmerksamen Beobachter. Im übrigen hatten sie alle großes Vertrauen zu ihr.

Angela lebte allein in dem Haus ihrer verstorbenen Eltern. Einmal im Monat verbrachte sie das Wochenende bei ihrer Tante in den Cotswolds, wo sie sonntags auch in die Methodistenkirche ging. Sie war in der Nähe ihres Wohnorts bei einer Bank angestellt. Einmal im Jahr fuhr sie mit einer Arbeitskollegin zwei Wochen auf Urlaub nach Torquay oder Bournemouth. Sie hatte nie eine Beziehung mit einem Mann gehabt, denn außer den Männern in ihrer Nachbarschaft, die entweder verheiratet waren oder mit jemandem zusammenlebten, lernte sie nie welche kennen. Richtige Freunde und Freundinnen hatte sie nicht. Sie strickte, verschlang Bücher und schlief zehn Stunden pro Nacht.

Manchmal fragte sie sich wie sie eigentlich zu diesem Lebensstil gekommen war, weshalb ihr Leben nicht dem gleichen Muster gefolgt war wie das anderer Frauen, warum es so ganz ohne Abenteuer oder auch nur das geringste Ereignis verlief, doch die einzige Antwort war, daß es sich nun einmal so ergeben hatte. Es hatte sich ganz allmählich so entwickelt, ohne daß sie eine Alternative gesehen oder den unausweichlichen Fortgang hätte aufhalten können. Bis zu dem Tag, als Humphrey sie bat, seine Katze zu füttern, solange er verreist war. Und mittlerweile hatte sich daraus ein richtiges Geschäft entwickelt.

Sie hatte die Schlüssel zu elf Häusern. Sie zu hüten, sich um die Kinder der Eigentümer zu kümmern, um deren alte Eltern, Haustiere und Pflanzen, stellte inzwischen ihre einzige Einkommensquelle dar, denn ihre Stelle hatte sie bei der erstbesten Gelegenheit gekündigt. Zuerst hatte es ihr genügt, die Aufgaben pünktlich und gewissenhaft zu erledigen, die Dankbarkeit, die sie dabei erntete, und die Bezahlung reichten ihr. Sie genoß das Gefühl, daß die Nachbarn auf sie angewiesen waren. Sie hatte sich unentbehrlich gemacht, und das gefiel ihr. Nach einiger Zeit wurde sie jedoch ungeduldig, es befriedigte sie nicht mehr, nur in John und Julias Wohnzimmer herumzusitzen und auf ein Baby aufzupassen, das oben schlief. Wenn sie Humphreys Tür abschloß und nach dem Katzenfüttern nach Hause ging, fühlte sie sich frustriert. Irgend etwas fehlte ihr, aber was? Eines Abends – Dianas Baby hatte geschrien, und sie war in sein Zimmer gegangen, um es zu beruhigen – hatten ihre Schritte sie fast unabhängig von ihrem Willen über den Flur ins elterliche Schlafzimmer geführt. Und so hatte alles angefangen.

Der Inhalt der Schränke und Schubladen, die Kontoauszüge und Rechnungen, Louises Tagebuch (ihr bislang wertvollster Fund), Kens Zeugnisse, Miriams Diplome,

Peters Prospekte, Dianas Urlaubsfotos – dies alles war wie ein Fenster zum wirklichen Leben. Daß es sich um das Leben anderer Leute und nicht um ihr eigenes handelte, störte sie nicht besonders. Es trug zu ihrer Bildung bei. Sie freute sich stets aufs neue auf die Suche, das Entdecken weiterer Aspekte, die das zuvor Erforschte und Erfahrene vervollständigten. Wenn sie es recht überlegte, hatte es in ihrem Leben nicht viel gegeben, auf das sie sich hatte freuen können oder worauf sie gerne zurückgeblickt hätte. Der Nachbar, der die Liebesbriefe geschrieben hatte, war erst kürzlich vier Häuser weiter eingezogen. Angela war ihm und seiner Frau von Rose und Ken empfohlen worden.

»Wenn Sie mir vielleicht einen Schlüssel geben möchten«, hatte Angela gesagt. »Der ist bei mir in guten Händen.« Und dann machte sie wie jedesmal ihren kleinen Witz dazu: »Ich behalte alle Schlüssel unter Verschluß.«

»Wir sind ziemlich oft verreist«, sagte Maria, und Nigel fügte hinzu: »Es wäre schon sehr beruhigend, wenn wir uns darauf verlassen könnten, daß Sie Absalom füttern.«

Als sie noch neu im Geschäft gewesen war, hatte Angela ihre Erkundungen bei anderen Leuten nur unternommen, wenn sie dort offiziell etwas zu erledigen hatte. Nach einiger Zeit wurde sie jedoch verwegener und betrat die Häuser, sooft sie Lust dazu hatte. Sie beobachtete, wann ihre Nachbarn aus dem Haus gingen. Die meisten waren sowieso den ganzen Tag in der Arbeit. Es stimmte, daß sie sämtliche Schlüssel unter Verschluß hielt. Sie wurden in einer Stahlkassette aufbewahrt, und jeder trug ein Etikett. Angela erbat sich immer den Schlüssel zum Hintereingang. Sie sagte, das sei praktischer, falls ein Haustier zu füttern oder vielleicht spazierenzuführen war. Was sie nicht erwähnte: Es ist unwahrscheinlicher, beim Betreten eines Hauses durch die Hintertür gesehen zu werden als durch die Haustür.

Das große Schlafzimmer von Nigel und Maria hatte sie schon bei ihrem ersten Besuch einer eingehenden Untersuchung unterzogen. Allerdings nur dieses Schlafzimmer. Einmal hatte sie bei John und Julia zwei Stunden zu tun gehabt und aus Sensationsgier gleich sämtliche Zimmer durchsucht. Seither hatte sie jedoch gelernt, sich im Zaum zu halten. Es ängstigte sie der Gedanke, die Schätze in allen Häusern, zu denen sie Schlüssel hatte, könnten eines Tages erschöpft sein, jedes Geheimnis enthüllt, alle Goldminen erschöpft und bis auf den letzten Rest ausgeplündert. Deshalb hatte sie sich den Schreibtisch in Marias Wohnzimmer für ein andermal vorgenommen, obwohl die Spannung fast unerträglich gewesen war, als sie ihn so jungfräulich, so unentweiht dort hatte stehen sehen. Sie hatte den Schreibtisch nicht angerührt, und auch die Schränke und Aktenkästen, die in einem zum Arbeitszimmer umfunktionierten dritten Schlafzimmer standen, hatte sie noch nicht durchforstet. Eines Abends fuhr Maria weg. Nigel informierte Angela über ihre Abreise und sagte, er würde in ein paar Tagen nachkommen. Angela fiel auf, daß er nicht zur Arbeit ging, und erwartete seinen Anruf mit der Bitte, während seiner Abwesenheit Absalom zu füttern. Doch er meldete sich nicht. Angela hatte alle Hände voll zu tun, auf die Kinder von Peter und Louise aufzupassen, Elizabeths Mutter ins Krankenhaus zu chauffieren, bei Miriam und George den Gasableser und den Klempner ins Haus zu lassen und Humphreys Katze zum Tierarzt zu bringen. Trotzdem wunderte sie sich zwischendurch, weshalb er nicht angerufen hatte.

Nachdem sie bei Julia den Zwergpfeffer gegossen hatte, begegnete sie auf dem Heimweg Nigel. Er schloß gerade sein Auto auf und trug Absalom in einem Körbchen bei sich. »Fahren Sie heute abend noch weg?« fragte Angela hoffnungsvoll. »Ich treffe mich mit Maria. Wir dachten uns, diesmal nehmen wir Absalom mit, wir werden Ihre freundliche Hilfe also nicht in Anspruch nehmen müssen. Aber Sie haben ja vermutlich jede Menge zu tun, nicht wahr?« Angela dachte an den bevorstehenden Abend und bejahte. Sie war beinahe so aufgeregt wie damals, als sie anfing, Louises Tagebuch zu lesen.

Nachdem Nigels Wagen verschwunden war, wartete Angela noch eine Stunde ab. Dann nahm sie den Schlüssel aus der Stahlkassette und betrat das Haus. Zwei glückselige Stunden verbrachte sie damit, den Schreibtisch zu durchstöbern, und obwohl er keine weiteren Liebesbriefe zutage förderte, entdeckte sie mehrere dringende Zahlungsaufforderungen, ein wütendes Schreiben von George, in dem sich dieser über Absaloms schlechtes Betragen in seinem Garten beschwerte, und als Krönung einen anonymen Brief.

Der Brief war mit Tinte geschrieben und enthielt die Unterstellung, daß Maria eine Affäre mit einem gewissen William hatte. Angela überlegte, wie es wohl wäre, als verheiratete Frau eine Affäre zu haben; sie fragte sich, wie Verheiratetsein sich überhaupt anfühlte und ob Williams Frau oder Freundin den Brief geschrieben hatte. Sie legte alles wieder so in den Schreibtisch zurück, wie sie es vorgefunden hatte, achtete aber darauf, daß es nicht allzu aufgeräumt aussah.

Die oberen Zimmer sparte sie sich für den nächsten Tag auf, einen Freitag. Abends wollte sie dann zu Tante Joan fahren, um dort das Wochenende zu verbringen, aber vorher mußte sie noch Elizabeths Hund ausführen und ihre Mutter vom Krankenhaus abholen, bei Rose und Ken den Elektriker hereinlassen und Louises kleine Tochter von der Schule abholen. Zwischen der Rückkehr vom Krankenhaus und Alexandras Schulabschluß hatte sie zwei Stunden Zeit. Vorsichtig, um vom Elektriker nicht gesehen zu werden, der nebenan im Hinterzimmer eine neue Steckdose legte, betrat Angela Nigel und Marias Haus.

In der vorangegangenen Nacht war sie wegen des Schreibtischs ziemlich aufgeregt gewesen, und so vergewisserte sie sich als erstes, ob alles an seinem Platz war. Ein rascher, prüfender Blick überzeugte sie davon, daß sie alles in den für die Bewohner des Hauses typischen unordentlichen Zustand zurückversetzt hatte. Dann ging sie nach oben ins Arbeitszimmer. Von Louises Tagebuch einmal abgesehen, versprach sie sich bei Nigel und Maria die bisher reichste Ausbeute. Wer weiß, dachte sie, was sich hinter diesen Schranktüren und in diesen Aktenschränken verbirgt? Weitere Liebesbriefe vielleicht, diesmal die von Maria an ihn, weitere Anspielungen auf Marias Untreue, noch mehr unbezahlte Rechnungen, vielleicht sogar etwas, das auf illegale Aktivitäten oder ein Verbrechen hindeutete.

Angela öffnete die Tür. Sie machte einen kleinen Schritt ins Zimmer, doch dann trat sie zurück und stieß unwillkürlich einen leisen Schrei aus. Maria lag im Nachthemd am Boden, ihr langes, offenes Haar um sich herum ausgebreitet. Vorn auf ihrem Nachthemd befand sich ein großer, brauner Fleck, vermutlich Blut, und der ganze Boden um sie herum war unverkennbar voller Blut. Angela blieb, die Hand auf den Mund gepreßt, einen Moment lang wie angewurzelt stehen – ihr selbst kam es wie eine Ewigkeit vor. Dann zwang sie sich, auf Maria zuzugehen und sie anzufassen. Sie berührte ihre marmorweiße Stirn, doch als sie mit der Fingerspitze die eisige Kälte spürte, zog sie sie schauernd zurück. Marias tote Augen sahen sie an, rund und blau wie Murmeln.

Am ganzen Leib zitternd rannte Angela die Treppe hinunter. Sie schlüpfte rasch zur hinteren Tür hinaus, schloß ab und warf den Schlüssel durch den Briefschlitz an der Haustür. Ihr lag sehr daran, nicht im Besitz dieses Schlüssels zu sein. Sie ging nach Hause, packte ihre Sachen und kramte ihren Autoschlüssel hervor. Vergessen war Alexandra, die sie abholen sollte, vergessen waren Elizabeths Hunde. Angela stieg in ihren Wagen und fuhr los in Richtung Norden. Schon nach fünf Minuten hatte sie die Geschwindigkeitsbeschränkung überschritten. Sie beschloß, mindestens zwei Wochen bei Tante Joan zu bleiben. Und vielleicht würde sie überhaupt nie mehr zurückkehren. Wenn das das Leben war, dann konnten sie ihr damit gestohlen bleiben. Dann war es auch der Tod.

Erwartungen

Keine Lackschicht kann die natürliche Maserung des Holzes übertünchen, sagte mein Cousin Matthew einmal in bezug auf meinen verstorbenen Gatten und fügte dann hinzu, nur ein Mann, der auch im Grunde seines Herzens ein wahrer Gentleman sei, könne sich wie ein wahrer Gentleman benehmen. George gelang es jedoch, sich für wohlgeboren und hochgebildet auszugeben, und in seinen letzten Lebensjahren kannten nur seine Frau und seine Tochter den wahren Charakter, der sich hinter dem Lächeln, der schwarzen Kleidung und den blütenreinen Taschentüchern verbarg. Nur ich und Estella kannten das verbrecherische Wesen, das unter einschmeichelnden Reden und Gedichtdeklamationen und seinem guten Aussehen schlummerte. Einen aufrechten, bewunderungswürdigen Gentleman findet man allerdings nicht erstochen auf der Pferderennbahn in Epson, wie George vor drei Wochen. Ein tugendhafter Mann, für den ihn einige seiner Bekannten hielten, hinterläßt nach seinem Ableben keine hochzufriedene Witwe und frohgelaunte Tochter. So sehr mich die Nachricht von seiner Ermordung auch erschütterte, so erleichtert war ich gleichzeitig. Die vergangenen zwanzig Jahre waren manchmal fast unerträglich gewesen – doch was bleibt einer Frau anderes übrig, als ihr Schicksal zu ertragen? –, und Georges Tod nahm trotz seiner entsetzlichen Umstände im Handumdrehen eine riesige Last von meinen Schultern.

Sein Grab liegt auf unseren Dorffriedhof. Nach dem Stadtleben in London sehnte ich mich danach, wieder aufs Land zu ziehen. Die Brauerei und das Anwesen waren durch die Heirat natürlich auch in Georges Besitz übergegangen. Ich mache mir nur etwas vor, wenn ich leugne, daß George mich deswegen geheiratet hat. Trotzdem bin ich froh, daß er Satis House behalten hat, obwohl er es nie leiden konnte. Dorthin bin ich nun wieder zurückgekehrt und nehme allmählich meinen Platz im ländlichen Leben hier ein, zusammen mit meiner Tochter, die in einem Jahr offiziell in die Gesellschaft eingeführt werden wird. Bis dahin ist die Trauerzeit vorbei, und ich werde einen Debütantinnenball für sie geben. Estella wird wohl einige Herzen brechen, wenn die jungen Burschen aus der Gegend sie zu sehen bekommen. Ihr Name bedeutet Stern. Ich habe mir immer geschworen, falls ich einmal ein Mädchen bekäme, sollte sie Estella heißen, und George hatte nichts dagegen einzuwenden. Er wollte natürlich einen Sohn. Sie ist viel schöner, als ich jemals war. Sie ist groß, genau wie ihr Vater, von dem sie auch die dunklen Locken hat. Heute wundere ich mich über die außerordentliche Wirkung, die er auf mich ausübte, als Arthur ihn vor all den Jahren mit nach Hause brachte und mir vorstellte. Ich verliebte mich gleich am ersten Abend in ihn. Doch selbst damals, als ich nur Augen für Georges Schönheit und seinen Charme hatte, behielt ich einen klaren Kopf und fragte mich, weshalb meinem Halbbruder – ich werde Arthur nicht mit dem respektvollen Namen Bruder bezeichnen – so sehr daran lag, daß sein Freund mich mochte und ich dessen Zuneigung erwiderte.

Arthur war neidisch, weil unser Vater mir als dem älteren Kind den größeren Teil seines Vermögens hinterlassen hatte.

Vielleicht hätte ich Arthur öfter daran erinnern sollen, daß sein unbeherrschtes und respektloses Verhalten fast zwangsläufig zu seiner Enterbung führen mußte. Erst auf dem Sterbebett gab Papa nach und hinterließ ihm einen Anteil an der Brauerei. Dieser Anteil und das daraus stammende Einkommen reichten Arthur jedoch nicht aus, wie ich bald merkte, wenngleich ich erst kurz vor meiner Hochzeit von dem Komplott erfuhr, das zwischen ihm und George geschmiedet wurde. Hätte ich George das Geld vorenthalten sollen? Hätte eine vorsichtige junge Frau es ihm vorenthalten? Ich hatte große Angst, ihn zu verlieren. Selbstverständlich hatte ich viele Verehrer, doch mir lag an keinem etwas. Ich wollte George. Vermutlich hatte er recht, als er zu mir sagte: »Warum sperrst du dich wegen der tausend Pfund, mein Liebling? Überleg doch, nach unserer Hochzeit wird mir sowieso alles gehören. Und ich werde es treu für dich verwalten und sorgsam hüten, wenn du erst meine Frau bist.«

Also gab ich nach. Damals und dann immer wieder.

Drei Wochen vor unserer Hochzeit übernachtete George bei uns. Eines Nachts, als ich nicht schlafen konnte, ging ich nach unten, um mir in der Bibliothek etwas zum Lesen zu holen. Arthur und George saßen am verglimmenden Kaminfeuer, zweifellos in Gesellschaft einer Flasche Brandy. Die Tür war nur angelehnt, so daß ich ihre Stimmen hören konnte. Da ich fest damit gerechnet hatte, daß sie bereits im Bett waren, war ich im Nachthemd heruntergekommen und hatte mir lediglich einen Schal umgeworfen. Ich blieb unschlüssig an der Tür stehen.

Dann hörte ich Arthur sagen. »Sie kriegt ja meinen Anteil an der Brauerei, alter Knabe, ich will aber einen schönen Batzen dafür; sorg also dafür, daß sie sich bei dem Preis nicht so anstellt.«

George lachte. »Damit kannst du rechnen! Schließlich teilen wir beide uns das Geld.«

Der Mann, den ich bisher Bruder genannt hatte, erwiderte: »Und du machst dich dann aus dem Staub, Compeyson, was?« »Nicht so laut.« George senkte die Stimme, so daß ich fast nichts mehr hören konnte. »Die Sache ist doch so: Ich heirate sie bloß, wenn sie dich nicht auszahlt. Aber das wird sie schon, verlaß dich drauf. So verliebt, wie die ist, würde sie mir noch im Unterrock ans Ende der Welt nachlaufen.«

Wie recht er hatte! Und doch zitterte ich, als ich da draußen stand, meinen Schal fester um mich zog und wie eine Schlafwandlerin langsam in mein Bett zurückkehrte. In jener Nacht tat ich kein Auge zu. Ich hatte niemanden, den ich um Rat fragen konnte, obwohl mir trotz meiner Unwissenheit klar war, was ein kluger Mensch mir raten würde. Doch ich liebte ihn. Trotz seines Verrats liebte ich ihn. Durch die Lackschicht hindurch konnte ich die Maserung erkennen, und doch liebte ich ihn.

Während der nächsten Tage redete George immer wieder auf mich ein. Als mein Ehemann, sagte er, wäre es doch nur recht und billig, daß er Brauereibesitzer würde und alles verwaltete. Eine Zeitlang spielte ich sein Spiel mit. Ich fragte ihn, wieviel Arthur haben wollte, und tat so, als sei ich entsetzt über die Summe. Ich zählte die Tage bis zu unserer Hochzeit, neunzehn Tage, dann achtzehn Tage. Mein Hochzeitskleid wurde gekauft, und ich hatte drei Termine zur Anprobe. George sagte, ich brauchte nur das Schriftstück zu unterzeichnen, das er mir vorlegen würde.

Es gelang mir, über das erste Exemplar Tinte zu verschütten. Fünfzehn Tage, vierzehn. Ich ließ einen Anwalt aus der Stadt kommen. Er sah sich das Schriftstück an und nahm es gleich mit. Die Tage verstrichen, dreizehn, zwölf, elf, doch dann brachte er das Dokument wieder und erklärte es für rechtsgültig. Meiner Unterschrift stand nichts mehr im Wege. Außer mir selbst. Ich faßte mir ein Herz und erklärte George, es wäre mir am liebsten, *er* würde Arthur auszahlen, ich sei doch bloß eine Frau, die von Geschäften nichts verstand. Wenn wir erst verheiratet wären, hätte er eine immense Summe zur Verfügung, mit der er Arthur seinen Anteil abkaufen könne. Damals waren es noch sechs Tage bis zur Hochzeit. George reiste ab, und ich sah und hörte nichts mehr von ihm. Ich konnte nicht schlafen, fand kaum einen Augenblick Ruhe. Doch das Hochzeitskleid war fertig, die Hochzeitstorte gebacken, und der letzte Tag vor meiner Hochzeit nahte. Arthur sollte mich zum Altar führen, doch ich hörte nichts von ihm. George sollte mein Ehemann werden, und ich hatte seit einer Woche kein Lebenszeichen von ihm erhalten.

An jenem Morgen saß ich um zwanzig vor neun an meinem Frisiertisch vor dem vergoldeten Spiegel. Mein Hausmädchen hatte mich ganz in weißen Atlas und Spitzen gehüllt, mir die Brautblumen ins Haar gesteckt und Mamas Brillanten um den Hals gelegt. Die Koffer standen halb gepackt im Zimmer herum. Ich erinnere mich noch genau an den Augenblick, als die Nachricht eintraf. Mein Schleier war schon fast aufgesteckt, ein Schuh saß bereits an meinem Fuß, der zweite lag zusammen mit anderem

Schnickschnack, Handschuhen und Gesangbuch in wildem Durcheinander unter dem Spiegel neben mir auf dem Tisch. Mein Hausmädchen kam herein und übergab mir die Nachricht. Es kam mir vor, als wäre die ganze Welt plötzlich stehen geblieben, und ich dachte, wenn in diesem Brief steht, daß er fort ist, bleibt die Zeit tatsächlich stehen, und ich verharre auf ewig in diesem Augenblick. Ich werde für den Rest meines Lebens dieses Kleid tragen, den einen Schuh an, den anderen ausgezogen, bis mein Haar weiß und meine Haut gelb ist. Die festliche Tafel bleibt gedeckt, bis Staub sie überzieht, und die Hochzeitstorte wird ein Nest für die Spinnen, die sie mit ihren Netzen überziehen.

Ich öffnete Georges Brief. »Meine Liebste«, schrieb er und weiter, daß er mich liebte und während der letzten Tage leider unabkömmlich gewesen sei, mich aber in der Kirche erwarte. Ich ließ mir von meinem Hausmädchen den Schleier arrangieren, schlüpfte in den anderen Schuh, steckte mir die Ringe an und streifte die Handschuhe über. Dann nahm ich Brautstrauß und Gesangbuch und ging nach unten, wo mich Arthur bereits erwartete, um mich zum Traualtar zu führen.

Die Liebe verflog bereits im ersten Jahr. Der Lack splitterte ab, und ich sah nur noch die Maserung. Doch – ich war verheiratet, ich war Mrs. George Compeyson mit der vollen Würde einer Ehefrau. Ich hatte mein Kind und sah es gesund und schön heranwachsen. Satis House, dessen Name schon Zufriedenheit und Erfüllung bedeutet, nahm mich als Witwe auf. Als das Haus seinen Namen bekam, hatte man schon prophezeit, daß sein Besitzer wunschlos glücklich sein würde. Selbst nachdem George sich schamlos an meinem Vermögen bedient hat, ist noch so viel übrig, daß ich bequem leben und Estella eine Mitgift von zwanzigtausend Pfund zukommen lassen kann.

Manchmal, wenn ich niedergeschlagen bin und mir bewußt wird, daß ich alt werde und mein Leben vergeudet ist, gehe ich in jenes Zimmer, das mir früher als Schlafgemach diente, und setze mich an den Frisiertisch. Während ich starr in den Spiegel blicke, sage ich mir, ich sollte dankbar für das sein, was ich getan oder unterlassen habe, für ein Jahr voller Liebe, für ein entzückendes Kind und dafür, daß ich heute nicht mehr im weißen Kleid und Schleier, einen einzelnen Schuh am Fuß dastehe, auf ewig verdammt zu einem Dasein als Miss Havisham.

Kleider

»Ich hätte gern dieses hier.«

Sie hatte das Kleid auf die Ladentheke gelegt. Der Blick, den ihr die Verkäuferin zuwarf, wirkte leicht besorgt. Alisons Stimme hatte atemlos geklungen, wie in Hochstimmung. Jetzt, wo es zu spät war, nahm sie sich zusammen.

»Wie möchten Sie zahlen?«

Anstelle einer Antwort legte sie ihre Kreditkarte auf die Theke, auf der das Kleid nun zwischen mehreren Lagen Seidenpapier zusammengelegt wurde. Die Rechnung schob sich aus der Maschine heraus, und Alison unterschrieb in dem zu knapp bemessenen Feld rechts unten. Danach war es jedesmal das gleiche: Sie konnte es kaum erwarten, endlich fortzukommen. Herumzustehen und mit der Verkäuferin zu schwatzen – »Davon werden Sie lange etwas haben«, »Viel Freude damit« – empfand sie als peinlich. Sie kam sich vor, als sei sie unter einem Vorwand hergekommen, als müsse ihr Geheimnis unausweichlich ans Licht kommen. Rasch verließ sie den Laden und war glücklich, als sie jenes wohlbekannte Summen spürte, dieses leichte Schwindelgefühl, den Adrenalinstoß. Der Tag war für sie gerettet: Sie hatte sich etwas gekauft.

Sobald sie draußen war, nahm sie das Kleid aus der Tüte und steckte es in ihre Aktentasche zu den Entwürfen für das Grimwood-Projekt. Auf diese Weise würden ihre Kollegen nicht erfahren, was sie gemacht hatte. Die Tüte landete samt Rechnung in einem Abfallkorb. Ein Taxi fuhr vorbei, und sie stieg ein. Schon ließ ihr Hochgefühl allmählich nach. Bis sie schließlich bei der Werbeagentur ankam, in der sie eine leitende Stellung einnahm, war nichts mehr davon übrig.

Ihrer Sekretärin teilte sie lächelnd mit, beim Mittagessen habe es etwas länger gedauert als erwartet.

Auf dem Heimweg kaufte sie noch etwas. Sie hatte es gar nicht vorgehabt. Doch das verstand sich von selbst, sie nahm es sich ja eigentlich nie vor. Es lag eben daran, dachte sie manchmal, daß sie in einer so gefährlichen Gegend wohnte, in Knightsbridge, einem Einkaufsviertel. Wenn sie und Gil umziehen würden, vielleicht in die Provinz, in irgendeinen abgelegenen Vorort ... Sie verwarf den Gedanken.

Sie hätte nicht die U-Bahn nehmen, sondern mit dem Taxi bis vor die Haustür fahren sollen. Ein bißchen war auch das Kleid daran schuld, denn inzwischen war ihr klar, wie unmöglich sie es fand, die Farbe, den Schnitt. Sie würde es nie tragen, und die horrende Summe, die sie dafür hingelegt hatte, schwirrte ihr in schwarzen Lettern im Kopf herum. Das Hochgefühl beim Kauf hatte sich in Panik verwandelt. In einer absurden Anwandlung von Sparwut hatte sie die U-Bahn genommen, denn die kostete nur neunzig Pence, und für ein Taxi hätte sie fünf Pfund zahlen müssen. Doch dieser Umstand bescherte ihr nun einen Spaziergang auf der Sloane Street, und das um sechs Uhr am verkaufsoffenen Abend.

Manchmal dachte Alison an all die Dinge, die sie in ihrer Freizeit in London unternehmen könnte: der Nationalgalerie oder der Wallace Sammlung einen Besuch abstatten, in einem Park spazierengehen, Mitglied in der Londoner Stadtbibliothek werden. Das Filmmuseum sei herrlich, hatte sie gehört. Statt dessen ging sie einkaufen. Sie kaufte sich Sachen. Genauer gesagt, sie kaufte Kleider. Unterwegs auf der langen Geschäftsstraße fiel ihr Blick plötzlich auf einen Pullover in einem Schaufenster. Das Gefühl war ihr vertraut, diese leichte Atemlosigkeit, der trockene Mund, die Worte, die in ihrem Kopf widerhallten – sie mußte es haben, sie mußte es haben. In diesen Situationen glaubte sie, ihre Zukunft glasklar vor sich zu sehen und jenes schmerzliche Bedauern bereits im voraus erleben zu können, das Besitz von ihr ergriff, wenn sie das jeweilige Kleidungsstück nicht kaufte. Die Gewissensbisse *nach* dem Kauf waren vergessen.

Der Griff an der Ladentür bestand aus einer schweren, in Messing gefaßten Glaskugel. Die Hand schon auf dem Türgriff, blieb sie einen Moment stehen. Das war jedoch nichts Ungewöhnliches.

Während sie an der Türschwelle noch zögerte, sagte sie sich, sie werde diesen Pullover jetzt kaufen, weil sie mit dem Kleid einen Fehler gemacht hatte. Das Kleid gefiel ihr nicht, doch der Pullover würde sie dafür entschädigen. Sie drehte am Griff, und die Tür ging auf. Drinnen saß eine Frau an einem vergoldeten Tisch mit Marmorplatte. Sie hob den Kopf, lächelte Alison an und sagte: »Hallo.« Alison wußte, die Frau würde nicht aufstehen und herüberkommen, um ihr Sachen zu zeigen. So ein Geschäft war das hier nicht, und mit Geschäften kannte Alison sich aus. Sie trat an den Ständer, an dem der Pullover und seine Gefährten hingen. Das Fieber hatte sie bereits gepackt, ihr Verstand war ausgeschaltet. Es fühlte sich an wie eine Mischung aus sexueller Erregung und der Wirkung eines hochprozentigen Getränks. Sobald es sich ihrer bemächtigt hatte, hörte sie auf zu denken oder dachte vielmehr nur noch an das Kleidungsstück vor ihr. Sie überlegte, wie es ihr wohl stehen würde, zu welcher Gelegenheit sie es tragen könnte und wie sein Besitz ihr Leben positiv verändern würde.

Der Kauf mußte immer in aller Eile vonstatten gehen. Das gehörte gewissermaßen dazu. Schnell mußte es gehen und spontan. Das Blut pochte in ihrem Kopf, als sie den Pullover vom Bügel nahm und vor sich hielt.

Die Verkäuferin fragte: »Möchten Sie ihn anprobieren?«

»Ich nehme ihn«, gab Alison zurück. Dann nahm sie den gleichen Pullover, allerdings in einem dunkleren Farbton, von der Stange. »Ach, ich nehme gleich beide mit.« Das Lächeln der Verkäuferin erwiderte sie mit einem strahlenden Lächeln ihrerseits.

Als sie bezahlt hatte und wieder draußen war, stellte sie bei einem Blick auf ihre Uhr fest, daß die ganze Transaktion gerade einmal sieben Minuten gedauert hatte. Die beiden Pullover waren zu sperrig für die Aktentasche, also nahm sie das Kleid heraus und steckte es zu ihren anderen Neuerwerbungen in die schwarz glänzende, mit weißen Buchstaben beschriftete Einkaufstüte. Sie überlegte, wie sie in die Wohnung gelangen sollte, ohne daß Gil etwas von ihrem Einkauf bemerkte. Vielleicht war er noch gar nicht zu Hause. Manchmal war er zuerst da, manchmal sie. Falls er schon zu Hause war, konnte sie die Tüte vielleicht schnell im Schlafzimmer verstecken, bevor er sie sah. Schlimmstenfalls würde er sie sehen und annehmen, es wäre nur ein Kleidungsstück darin und nicht drei. Das Summen ließ allmählich nach, das Adrenalin wurde absorbiert, und sie begriff noch etwas: Sie hatte heute zum ersten Mal etwas gekauft, ohne es vorher anzuprobieren.

Die Glastür ging auf, sie trat ein und fuhr mit dem Aufzug nach oben. Ihr Hausschlüssel glitt ins Schloß, drehte sich, und die Tür ging auf. Es war nicht zu erkennen, ob Gil schon zu Hause war oder nicht. Sie rief nach ihm, und als seine Stimme sich aus der Küche meldete: »Hier bin ich«, schrak sie zusammen. Sie rannte ins Schlafzimmer und schmiß die Tüte in die hinterste Ecke des Kleiderschranks.

Sie hatte ganz vergessen, daß er an diesem Abend mit Kochen an der Reihe war. Sie hatte es vergessen. Wenn sie einkaufte, vergaß sie alles andere. Sie ging in die Küche und umarmte und küßte ihn. Er trug eine Schürze und hielt einen Kochlöffel in der Hand.

»Sag mal«, wollte er wissen, »magst du eigentlich getrocknete Tomaten?«

»Getrocknete Tomaten? Darüber habe ich noch nie nachgedacht. Nein, so richtig eigentlich nicht.«

»Kein Mensch mag sie. Das ist für mich die große kulinarische Entdeckung der Woche. Kein Mensch mag sie, obwohl alle so tun, genau wie bei Paprika.«

Er begann, einen Vortrag darüber zu halten. Gil produzierte eine Kochsendung im Fernsehen und fing an, ihr von dem Soufflé zu erzählen, das immer wieder mißlungen war. Beim vierten Anlauf hatte der Star der Sendung, ein leicht erregbarer Mensch, das verpfuschte Soufflé gepackt und einem der Kameramänner über den Kopf gekippt.

Alison hörte zu und lachte an den passenden Stellen, dann erzählte sie ihm von den neuesten Entwicklungen bei dem Grimwood-Auftrag. Er versprach, sie zu rufen, wenn das Essen fertig war, und sie ging ins Schlafzimmer hinüber, um sich umzuziehen.

Wenn sie nicht ausgingen, zog sie abends immer ein Paar Jeans oder Jogginghosen und ein Sweatshirt an. Ironischerweise waren diese Kleidungsstücke uralt, sie besaß sie bereits seit Jahren, während der Schrank unter dem Gewicht neuer Kleider ächzte. Es war kaum noch Platz für das neue Kleid und die beiden Pullis. Wann sollte sie die Sachen eigentlich tragen? Vielleicht nie. Vielleicht wanderten sie ungetragen auf den Stapel, den sie demnächst in ihren größten Koffer packen und in den Altkleiderladen bringen würde.

Im Altkleiderladen liebten sie Alison. Sie nannten sie beim Vornamen, so gut kannten sie sie. »Was für hübsche Kleider Sie uns immer bringen, Alison. Sie haben ja einen ganz schönen Verschleiß an Kleidern, Alison, – na ja, das bringt Ihr Job wohl mit sich.« Von dem, was der Verkauf ihrer Kleider einbrachte, konnten die Leute den Laden vermutlich eine Woche finanzieren.

Es war eine Sucht wie Alkoholismus oder Drogen oder Glücksspiel, und es war kostspieliger als Trinken oder Spielautomaten. Letzte Woche, als sie mit einer grellgelben und einer olivgrünen Einkaufstüte beladen nach Hause gekommen war, hatte Gil sie im Flur erwischt. Erwischt. Sie hatte das Wort unabsichtlich benutzt, ohne nachzudenken; im übrigen paßte es überhaupt nicht. Denn Gil war der netteste und beste aller Männer und würde ihr nie Vorwürfe machen. Am schlimmsten war, daß er sie dafür auch noch *loben* würde. Er würde sagen, es sei schließlich ihr Geld, sie verdiene sowieso mehr als er und könne damit doch machen, was sie wolle. Wieso sollte sie sich also keine neuen Kleider anschaffen?

Damals, als sie einander gegenüberstanden, sie mit diesen Taschen in der Hand, hatte sie mit dem Gedanken gespielt, es ihm zu sagen. Sie stellte sich vor, wie sie es ihm gestehen würde, ihm mitteilte, sie habe ihm etwas zu sagen. Sein Gesicht würde sich verändern, er würde denken, was jeder denkt, wenn er diese Worte von seinem Partner hört. Sie würde sich ihm zu Füßen auf den Boden setzen – all das stellte sie sich vor und malte sich ein absurdes Szenario aus –, seine Hand halten und ihm sagen, ja, sowas tue ich, ich bin wahnsinnig, es macht mich wahnsinnig, aber ich kann nicht damit aufhören. Ständig kaufe ich Kleider. Nicht Schmuck oder Zierrat oder Möbel oder Bilder, auch keine Cremes oder Haarmittel, nicht einmal Schuhe oder Hüte oder Handschuhe. Ein Kleidergeschäft ist für mich wie ein Weinlokal. Wie ein Spielcasino. Ich kann nicht daran vorbeigehen. Wenn ich ein Kaufhaus betrete, um Papiertaschentücher oder eine Bademattte zu kaufen, gehe ich nach oben und kaufe Kleider.

Er würde lachen. Er wäre glücklich und erleichtert, weil sie ihm sagte, daß sie sich gern etwas zum Anziehen kaufte, und nicht, daß sie einen anderen kennengelernt hatte und ihn verlassen würde. Dann kämen Küsse und Beteuerungen und ein aufmunterndes: »Warum sollst du denn dein Geld nicht ausgeben?« Gil, der so verständnisvoll war, würde es nicht verstehen.

Da ertönte seine Stimme: »Alison! Essen ist fertig.«

Ein Glas Wein sollte das Essen eröffnen. Dieser Wein war in seiner Sendung sehr gelobt worden, und er wollte unbedingt, daß sie ihn probierte. Er erhob das Glas und prostete ihr zu. »Weißt du, was heute für ein Tag ist?«

Irgendein Jahrestag. Eigentlich sollten Frauen sich solche Dinge merken, nicht Männer. »Oh je, müßte ich das wissen?« »Nicht unsere erste Begegnung«, erwiderte er. »Auch nicht das erste Mal, daß du mich zum Essen eingeladen hast. Das erste Mal, daß ich *dich* ausgeführt habe. Heute vor drei Jahren.«

Sie legte all ihre Gefühle, die ihre Gedanken ausgelöst hatten, in diese Worte: »Ich liebe dich.«

Gil hatte kaum eine Ahnung von ihrer Garderobe. Er warf nie einen Blick in ihren Kleiderschrank. Wenn sie ein neues Kleid, ein Kostüm oder eine neue Bluse trug, sagte er manchmal: »Das gefällt mir. Ist das neu?«

»Das habe ich doch schon ewig. Du hast es bestimmt schon gesehen.«

Das akzeptierte er. Er achtete kaum auf Kleidung, er machte sich nichts daraus. Doch als er fragte, hätte sie es ihm sagen sollen. Oder als die Kreditkontoauszüge kamen. Anstatt die horrenden Summen stillschweigend zu bezahlen, hätte sie sagen sollen: »Sieh dir an, was ich mit meinem Geld mache. Das ist doch Wahnsinn, du mußt mich daran hindern.«

Sie brachte es nicht fertig. Sie schämte sich zu sehr. Sie machte sich sogar Gedanken, was die Leute beim Kreditkarteninstitut von ihr hielten, wenn sie Monat für Monat ihre Ausgaben veranlagten und feststellten, daß wieder tausend Pfund für Kleidung draufgegangen waren. Die Verkäuferinnen schrieben »Kleidung« auf die Quittung, und einmal hatte sie fast schon bitten wollen, statt dessen »Waren« hinzuschreiben. Es lag an ihrer gesellschaftlichen Stellung, daß sie sich so tief erniedrigt fühlte. Sie war intelligent und kultiviert, hatte gute Abschlußzeugnisse und einen glänzenden Lebenslauf, galt etwas in ihrem Beruf, war sehr gefragt, konnte atemberaubende Honorare verlangen, die ihr selten versagt wurden. Und litt dabei unter einer Sucht, die normalerweise Lottogewinner oder sechzehnjährige Schulabgängerinnen befällt.

Dabei waren solche Leute viel besser als sie. Sie gaben es zumindest offen und ehrlich zu. Manche gestanden es frank und frei und machten sich sogar darüber lustig. Vor ein paar Monaten war sie mit einer Kundin zu einer Produktpräsentation nach Edinburg gefahren. Sie hatten dort auch übernachtet. Nun fällt einem bei dem Wort Einkaufen nicht gerade Edinburg ein, wohingegen es dort viele andere, interessante Dinge zu tun gibt, doch die Kundin erklärte ihr gleich am Bahnhof, als sie in ein Taxi einstiegen, daß sie die beiden freien Stunden in den Geschäften verbringen wollte.

»Ich bin kaufsüchtig, wissen Sie. Es gibt mir den gewissen Kick.«

Vorsichtig hatte Alison erwidert: »Was wollen Sie denn kaufen?«

»Ach, keine Ahnung. Das weiß ich erst, wenn ich es sehe.« Also war Alison mit ihr einkaufen gegangen und hatte sämtliche Anzeichen und Symptome an ihr beobachtet, die sie selbst zeigte, bis auf eine Ausnahme: Diese Frau schämte sich nicht und machte sich nichts vor.

»Ich bin eben verrückt, wissen Sie«, sagte sie, nachdem sie ein Kostüm gekauft hatte, das ihr nach eigenem Bekunden »gar nicht besonders gefällt«. »Ich habe Schränke voller Zeug, das ich nie trage.« Sie lachte fröhlich. »Sie planen vermutlich alles sorgfältig, was Sie kaufen, nicht wahr?«

Und Alison, die bei dem Kostümkauf neben ihr gestanden hatte, krank vor Verlangen, sich selbst etwas zu kaufen, und sich krampfhaft beherrscht hatte, bestätigte mit einem – wie sie fürchtete – leicht herablassenden Lächeln, daß es sich tatsächlich so verhielte. Sie lächelte überlegen, so als kaufte sie sich nur Kleider, wenn die alten abgetragen waren. Auf dieser Reise hatte sie es erfolgreich vermieden, sich etwas zu kaufen. Die Energie, die sie für diese Verweigerung aufwenden mußte, hatte sie völlig erschöpft. In London stürzte sie sich daraufhin in einen fürchterliche Verschwendungsrausch, ähnlich der Freßorgie bei Magersüchtigen. Just an jenem Tag, oder einen Tag später, hatte sie in der Zeitung einen Artikel über zwanghaftes Verhalten gelesen. Eßstörungen deuteten beispielsweise auf eine tiefsitzende emotionale Störung hin. Dasselbe galt für Spielsucht und sogar für Einkaufen. Die kaufsüchtige Person kauft, um dadurch ein Bedürfnis nach Liebe zu überspielen und ihre Unzulänglichkeiten zu verdecken. Aber das stimmte nicht. Sie liebte Gil. Sie hatte alles, was sie wollte, ein gutes, befriedigendes Leben. Die Kaufsucht war erst aufgetaucht, als sie erkannte, daß sie reich war, daß sie mehr als genug hatte und es sich leisten konnte. Eigentlich aber konnte sie es doch nicht, wer konnte es schon? Wessen Einkommen hielt einem derartigen Aderlaß stand?

Kaufsucht war ein Hilferuf. Das sagten jedenfalls die Psychologen. Aber um welche Hilfe? Um mit dem zwanghaften Einkaufen aufhören zu können?

Als sie – sicherheitshalber im Taxi – an dem Geschäft vorbeifuhr, in dem sie die Pullover gekauft hatte, ging ihr etwas durch den Kopf, an das sie damals nur flüchtig gedacht hatte. Sie hatte die Pullover gekauft, ohne sie anzuprobieren. Als wollte sie damit sagen, es ist mir egal, ob sie passen oder nicht, deswegen kaufe ich sie gar nicht. Ich will einfach nur *kaufen*, nicht besitzen.

Das Büro befand sich im Londoner Bankenviertel, in einer Gegend mit nur wenigen Geschäften. Obwohl dies natürlich ein Segen war, hatte sie in letzter Zeit ihren Unmut über das Fehlen von Bekleidungsgeschäften konstatiert, jenes spezielle Verlangen, das dieser Mangel bei ihr hervorrief. Sobald sie draußen auf der Straße war, überkam sie der beinahe überwältigende Drang, in ein Taxi zu steigen und sich in eine Einkaufsgegend fahren zu lassen. Es gelang ihr, dem Drang zu widerstehen. Sie hatte zu tun, mußte an ihrem Schreibtisch sitzen, neben den Telefonen und der Faxmaschine. Doch im Verlauf dieser einkaufslosen Tage dachte sie plötzlich: Es ist doch in Ordnung, bei nächster Gelgenheit einkaufen zu gehen, es ist weder krankhaft noch neurotisch, denn es ist ja schon so lange her, schon eine ganze Woche …

Eines Abends regnete es, und sie konnte kein Taxi finden. Wieder nahm sie die U-Bahn und wollte in Knightsbridge das kurze Stück noch mit dem Taxi fahren. Sie hätte durch die Wohnviertel nach Hause laufen können, es gab viele Alternativen, und dies war eine der reizendsten Gegenden Londons. Selbst bei Regen. Doch die Kaufsucht – das wußte sie inzwischen – setzte ein, noch bevor sie bei den Geschäften angelangt war, und lenkte ihre Schritte in die Sloane Street, während sie ganz einfach den Weg über die Seville Street und den Lowndes Square hätte nehmen können.

Ihre Gedanken verliefen in seltsamen Bahnen. Jedenfalls fand sie sie seltsam. Vielleicht sogar verrückt. Sie dachte, wenn sie sich heute abend zusammennehmen könnte, brauchte sie es am nächsten Tag nicht, wenn sie nach der Kundenbesprechung auf der Bond Street unten in Picadilly war. Auf dem Weg in Richtung U-Bahnstation käme sie über die Brook Street in die South Moulton Street, in ein wahres Einkaufsmekka, ein Kaufparadies, Kaufland, Shoppingland.

Sie ging an dem Geschäft mit der Glaskugel als Türgriff vorbei, und als sie sich dem nächsten näherte und vor sich bereits ein einzeln im Fenster liegendes, schimmerndes Kleidungsstück leuchten sah, näherten sich von hinten Schritte. Gils Arm umfaßte sie, und er hielt ihr den Regenschirm hoch über den Kopf.

»Das solltest du dir kaufen«, sagte er. »Du würdest darin gut aussehen.«

Sie schauderte. Er spürte es und musterte sie besorgt.

»Des Designers kalter Atem streift meinen Nacken«, sagte sie. Es war der rechte Augenblick, ihm zu sagen, daß sie das Kleid nicht kaufen würde, und warum sie es nicht tun würde. Sie brachte es nicht fertig. Sie verspürte nur Abneigung gegen ihn, weil er sie eingeholt und durch seine Gegenwart und den netten, unschuldigen Vorschlag am Kauf gehindert hatte. Er war wie der wohlmeinende Freund, der der heimlichen Trinkerin seinen doppelten Scotch offeriert.

Am nächsten Morgen ging sie etwas später als sonst ins Büro. Da sie vor der Besprechung nichts zu tun hatte, ging sie in das Geschäft in der Sloane Street und kaufte das Kleid, von dem Gil gesagt hatte, es würde ihr gut stehen. Sie probierte es nicht an, sondern teilte der überraschten Verkäuferin mit, es sei ihre Größe, sie sei sich ganz sicher, daß es paßte. Nach diesem Adrenalinstoß fand sie, dieser Kauf müßte sie nicht unbedingt davon abhalten, sich später am Tag noch etwas zu kaufen. Der Tag war sowieso schon dahin, dachte sie, verpfuscht durch den Kleiderkauf, und es lohnte sich nicht mehr, standhaft zu sein, denn den ersten Schuß mit der Droge hatte sie bereits gesetzt. Falls Selbstkontrolle möglich war, könnte sie morgen damit anfangen. Im Büro nahm sie das Kleid aus ihrer Aktentasche und stopfte es in eine Schreibtischschublade.

Um drei war die Besprechung vorbei. Während der letzten Stunde oder länger hatte sie kaum noch zugehört. Sobald sie mit ihrem Vortrag fertig war, verlor sie das Interesse und ließ ihre Gedanken in die Richtung schweifen, in die sie in letzter Zeit immer geschweift waren. Schon während ihres Vortrags hatte sie ein paarmal den Faden verloren und mußte ihre Notizen zu Hilfe nehmen und krampfhaft nach dem richtigen Ausdruck suchen. Der Firmenchef erkundigte sich, ob ihr nicht gut sei. Nachdem sie sich gesetzt und einen Schluck Wasser getrunken hatte, sah sie die breite, verheißungsvolle Einkaufsstraße vor sich, voller Dinge, die nur darauf warteten, gekauft zu werden, und eine starke Sehnsucht ergriff sie. Sie rannte beinahe aus dem Gebäude hinaus, atemlos und dürstend, als hätte sie den Schluck Wasser nie getrunken.

Unterwegs kaufte sie in der Bond Street ein Kostüm und eine Jacke. Der Form halber und weil sie sich vor den erstaunten Blicken der Verkäuferin genierte, probierte sie beides an. Wie zu ihrer Rettung kam ein Taxi vorbei, während sie mit ihren Tüten beladen voraneilte, aber sie ließ es vorbeifahren und bog in die Brook Street ein. Inzwischen und in diesem Stadium ihrer Schwelgerei kam es ihr so vor, als hätten ihre Füße den Kontakt zum Boden verloren. Sie schwebte, ja sie glitt förmlich über den Gehweg dahin. Auf der Straße lief sie ständig Gefahr, überfahren zu werden. Wäre sie einem Bekannten begegnet, sie wäre an ihm vorbeigelaufen, ohne ihn eines Blickes zu würdigen. Ihr Körper hatte chemische Veränderungen durchgemacht, die ihre Urteilskraft, ihr logisches Denkvermögen und rationales Verhalten stark beeinträchtigten und die Vernunft ausschalteten. Sie war unfähig, den Kaufzwang zu kontrollieren, denn in diesen Momenten, in dieser neuen Stunde vielleicht sogar, verweigerte sie jede »Haltung«, sie wollte ihre Sucht auskosten, sie liebte sie, sie war wie berauscht davon. Gedanken schwirrten ihr im Kopf herum, Wörter, die immer ganz einfach und direkt waren. Warum sollte ich diese Sachen eigentlich nicht besitzen? Ich kann sie mir doch leisten. Warum sollte ich mich nicht gut anziehen? Ich brauche doch wegen so eines schlichten, unterhaltsamen, *vergnüglichen* Zeitvertreibs keine Schuldgefühle zu haben ... Dies alles ging ihr im Kopf herum, während sie dahinschwebte und das gleichmäßige Klopfen ihres Herzens vernahm.

In der South Molton Street kaufte sie sich eine Bluse und im Geschäft nebenan einen Rock mit passendem Pullover. Sie probierte die Sachen nicht an, und als sie wieder draußen war und unwillkürlich auf die Etiketten an Rock und Pulli sah, stellte sie fest, daß sie beides zwei Nummern zu groß gekauft hatte. Sie stand auf dem breiten Gehweg und spürte ihr Hochgefühl vergehen, wohlwissend, daß sie nicht mehr in den Laden zurückkonnte.

Sie schämte sich. Urplötzlich verfiel sie aus verwegener Erregung in eine Art visionäres Entsetzen, es fiel wie ein zu großes Kleidungsstück von ihren Schultern zu Boden, und auf einmal durchfuhr sie eine grauenvolle Erkenntnis. Sie setzte sich in Bewegung. Schon fast auf der Oxford Street angekommen, steckte sie die Einkaufstüten in den erstbesten Abfalleimer. Das neue Kostüm und die Jacke verschwanden ebenso darin. Dann drehte sie sich um und rannte davon.

Im Taxi brach sie in Tränen aus. Der Taxifahrer fragte: »Alles in Ordnung, junge Frau?« und sie erwiderte, ihr sei nicht gut, aber es würde gleich wieder gehen. Was für eine Verschwendung, was für eine üble Verschwendung, schoß es ihr durch den Kopf. Tausende, Millionen von Menschen besaßen überhaupt nie neue Kleider, trugen abgelegte Sachen oder Lumpen oder konnten sich gerade noch etwas Gebrauchtes leisten. Und sie hatte neue Kleider weggeworfen!

Auf einmal fiel ihr Gil ein, der ihr vertraute und sie liebte. So konnte sie ihm nicht unter die Augen treten, sie mußte irgendwo im Hotel übernachten. Das Taxi kurvte über eine umständliche Route auf den Straßen hinter dem Rundfunkgebäude und Langham Place herum. Als es in die Regent Street einbog, bat sie den Fahrer, sie abzusetzen. Das paßte ihm gar nicht, deshalb drückte sie ihm eine Fünfpfundnote in die Hand. Was waren schon fünf Pfund? Schließlich hatte sie gerade das Zweihundertfache verschleudert.

In der Hand nur die Aktenmappe, betrat sie ein Kaufhaus. Im Spiegel erhaschte sie einen Blick auf sich, ihr wirres Haar, ihr starrer Blick, ihr blasses Gesicht: eine Irre. Und noch etwas erkannte sie, während sie kurz innehielt: Sie war noch nicht einmal gutgekleidet, fast jede andere Frau, der sie begegnete, war besser gekleidet als sie. Jede Woche, jeden Tag fast, kaufte sie Kleider, Berge von Kleidern, ganze Schränke voll, um sie dann bei der Wohlfahrt abzuladen oder ungetragen wegzuwerfen. Und doch war sie schlechter angezogen als eine Frau, die sich vom Haushaltsgeld ihres Mannes ihre Garderobe leistete.

Sie haßte Kleider. Die Erkenntnis kam ihr in migräne-artigen Schüben von Licht und Dunkelheit. Wieso hatte sie nie gemerkt, wie sehr sie Kleider haßte? Sie machten sie krank mit ihrem neuen, leicht bitteren Geruch, dem geschmeidig gleitenden Druck, wie sie sie umgaben, ganze Kleiderstangen voller Mäntel und Jacken, Kostüme und Kleider. Sie befand sich im Designerparadies, konnte es riechen und fühlen, aber kaum etwas sehen. Ihre Augen waren von ihrem geistigen Zustand angegriffen und wie hinter einem Schleier aus Nebel.

Mit zitternden Fingern begann sie Kleider von der Stange zu schieben, hier eine Bluse, dort einen Pullover. Sie öffnete ihre Aktentasche und stopfte alles hinein. Ein Etikett und der Zipfel eines Ärmels hingen heraus, als sie die Tasche zumachte. Sie schnappte sich ein langes, är-melloses Strickteil mit Knöpfen und eine Bluse aus stei-fem Organza, dann noch einen Pullover und noch eine Bluse. Niemand sah sie, oder zumindest versuchte nie-mand, ihr Einhalt zu gebieten.

Sie riß einen Schal aus dem Fach und schlang ihn sich um den Hals. Während sie an beiden Enden zog, überlegte sie, wie schön es wäre, in Ohnmacht zu fallen, wie schön, wenn der Schal sie leise erdrosselte. Mit ihrer überquellen-den Aktentasche, an der das Schloß schon nicht mehr zu-ging, begann sie langsam die Treppe hinunterzugehen. Niemand kam ihr nach. Niemand hatte etwas gesehen. Auf dem Weg durch die Lederwarenabteilung nahm sie sich eine Handtasche, obwohl sie sich aus solchen Dingen normalerweise nichts machte, und dann noch eine Brief-tasche und ein Paar Handschuhe. In der einen Hand hielt sie die Sachen, in der anderen hatte sie die Aktentasche, und die größeren Kleidungsstücke hingen über ihren Arm.

Zwischen den inneren Glastüren und der Eingangstür fing es plötzlich laut an zu klingeln. Der Sicherheitsbeamte näherte sich. Sie setzte sich auf den Fußboden, die gestohlenen Sachen um sich herum verstreut, und als er auf sie zukam, sagte sie vollkommen gefaßt und nur mit einem leichten Krächzen in der Stimme: »Hilft mir denn niemand, so helft mir doch.«

Eine inakzeptable Dosis

»Du sollst doch nicht kratzen. Siehst du, jetzt blutet es.«

»Es juckt aber. Es macht mich wahnsinnig. Du reagierst auf Mückenstiche eben nicht so wie ich.«

»Es ist bloß an der Stelle, wo dein Jeansgürtel reibt. Warte, ich mache dir ein Pflaster drauf.«

»Die sind im Badezimmerschränkchen«, sagte er.

»Weiß ich doch.«

Sie nahm das Pflaster aus der Plastikhülle und klebte es ihm hinten aufs Kreuz. Er griff nach seinen Zigaretten, steckte sich eine in den Mund und zündete sie an.

»Vielleicht hast du eine Allergie gegen Mückenstiche«, sagte sie. »Ich meine, du solltest vielleicht etwas nehmen, wenn du gestochen wirst. Probier doch mal eins von diesen Sprays gegen Juckreiz aus.«

»Die nützen auch nichts.«

»Woher willst du das wissen, wenn du's nicht ausprobierst? Und mit deiner Qualmerei machst du es bestimmt auch nicht besser. Ach, ich weiß, du findest es lächerlich, aber Rauchen beeinträchtigt den allgemeinen Gesundheitszustand tatsächlich. Wetten, daß du dem Arzt nichts von den ganzen Allergien gesagt hast, als er dich vor Abschluß deiner Lebensversicherung untersucht hat.«

»Was soll das heißen, ›deine ganzen Allergien‹? Ich hab' doch keine Allergien. Ich reagiere eben etwas stärker auf Mückenstiche.«

»Wetten, du hast denen nicht gesagt, daß du rauchst«, entgegnete sie.

»Klar hab ich es gesagt. Wenn man eine Lebensversicherung über hunderttausende Pfund abschließt, erlaubt man sich doch keine krummen Touren.« Er zündete sich mit der Kippe eine neue Zigarette an. »Was glaubst du denn, warum ich so hohe Prämien zahle?«

»Wetten, du hast ihnen nicht gesagt, daß du pro Tag vierzig Zigaretten rauchst.«

»Ich hab gesagt, ich sei leider ein starker Raucher.«

»Du solltest es wirklich aufgeben«, meinte sie. »Ich hätte gern tausend Pfund für jedes Mal, daß ich es dir gesagt habe. Und wenn's bloß *ein* Pfund wäre. Ihr Raucher habt keine Ahnung, wie es ist, damit leben zu müssen. Ihr wißt nicht, wie ihr riecht, eure Kleider, eure Hände, einfach alles. In die Vorhänge geht es auch. Lach du nur, das ist kein Witz.«

»Ich geh jetzt ins Bett«, erwiderte er.

Am nächsten Morgen duschte sie und wusch sich die Haare. Dann machte sie eine Tasse Tee und brachte sie ihm hinauf. Er blieb im Bett und rauchte, während er seinen Tee trank. Dann ging er unter die Dusche.

»Wasch dir auch die Haare«, sagte sie. »Die stinken nach Rauch.«

Mit einem Handtuch um die Hüften kam er wieder ins Schlafzimmer. »Das Pflaster ist abgegangen.«

»Hab' ich mir schon gedacht. Ich mach' dir ein neues drauf.« Sie nahm ein frisches Pflaster aus der Packung.

»Es blutet. War ich das?«

»Klar fängt es an zu bluten, wenn du kratzt. Halt jetzt mal still.«

»Man sollte doch meinen, daß es nach ein paar Tagen aufhört zu jucken, oder?«

»Ich sag doch, du hättest ein Antiallergiespray benutzen sollen und was einnehmen. Du hast da eine ganz gemeine Stelle, die muß noch mindestens achtundvierzig Stunden bedeckt bleiben.«

»Zu Befehl.«

Er zündete sich eine Zigarette an.

Abends saßen sie zum Essen draußen. Es war sehr warm. Er rauchte, um die Mücken abzuschrecken.

»Dir ist jede Ausrede recht«, sagte sie.

«Eins von diesen kleinen Mistviechern hat mich gerade in die Achsel gestochen.«

»Ach, du meine Güte. Kratz jetzt aber bloß nicht.«

»Meinst du wirklich, ich hätte den Versicherungsfritzen sagen sollen, daß ich gegen Mückenstiche allergisch bin?«

»Nicht so wichtig, glaub ich«, erwiderte sie. »Ich meine, wer merkt das schon, wenn du tot bist?«

»Na, herzlichen Dank«, sagte er.

»Ach, tu doch nicht so. Du stirbst wahrscheinlich eher am Rauchen als an einem Mückenstich.«

Bevor sie schlafen gingen, erneuerte sie sein Pflaster hinten am Rücken. Weil er den frischen Stich aufgekratzt hatte, gab sie ihm noch eines, das er sich selbst aufkleben konnte. Nachts mußte er aufstehen, weil die Stiche ihn wahnsinnig machten und er nicht stilliegen konnte. Er wanderte rauchend im Haus umher. Am nächsten Morgen sagte er zu ihr, er fühle sich nicht ganz wohl.

»Ist doch klar. Du hast ja auch nicht geschlafen.«

»In der Küche hab ich eine Packung Nikotinpflaster gefunden«, sagte er. »Nicorella oder so ähnlich. Das ist wohl deine neueste Masche, um mir das Rauchen abzugewöhnen.«

Sie schwieg einen Augenblick. Dann meinte sie: »Versuchst du's mal damit?«

»Nein, herzlichen Dank. Das ist rausgeschmissenes Geld. Weißt du, was in der Gebrauchsanweisung steht? ›Während der Anwendung der Pflaster ist das Rauchen äußerst gefährlich.‹ Was sagst du dazu?«

»Na, ist doch klar.«

»Wieso denn?«

»Du könntest einen Herzinfarkt kriegen. Es würde deinem Blut eine inakzeptable Dosis Nikotin zuführen.«

»›Eine inakzeptable Dosis‹ – du hörst dich an wie der Gesundheitsminister in der Glotze.«

»Ziel und Zweck der Sache ist«, belehrte sie ihn, »während der Anwendung des Pflasters mit dem Rauchen aufzuhören. Das Pflaster führt dir nämlich so viel Nikotin zu, daß du deine Lust aufs Rauchen *ohne* Zigaretten befriedigen kannst.«

»Mir reicht es bestimmt nicht.«

»Da hast du recht«, erwiderte sie und lächelte dabei.

Er zündete sich eine Zigarette an. »Ich geh jetzt duschen, und danach kannst du mir vielleicht wieder die Pflaster draufmachen.« »Na klar«, sagte sie.

Ehrlich gesagt

Seit Beatrix Cooper-Gibson sich Kronen hatte machen lassen, befürchtete sie, während des Schlafes könnten eine oder gar mehrere Kronen sich lockern und ihr im Hals steckenbleiben, so daß sie daran erstickte. Ihr Zahnarzt beteuerte vergeblich, daß dies nie passieren könnte. Doch Kronen konnten sich durchaus lösen, das war schließlich allgemein bekannt, warum also nicht ihre? Und warum nicht nachts?

Die Folge davon war, daß sie Schlafstörungen bekam. Mit den besten Vorsätzen legte sie sich schlafen, wachte aber nach etwa einer Stunde wieder auf und fühlte in ihrem Mund herum, um sich zu vergewissern, daß die Kronen noch alle dort saßen, wo sie hingehörten. Es dauerte eine Weile, bis sie wieder einschlafen konnte, nur um nach einer weiteren Stunde erneut aufzuwachen und die Untersuchung von neuem zu beginnen.

Je älter sie wurde, desto größer wurden ihre zahlreichen Ängste. Wenn sie dicht an einer Wand saß, befürchtete sie, ein Bild könnte auf sie herunterfallen. Selbst wenn sie ein ganzes Stück weit davon entfernt saß, hegte sie diese Befürchtung, denn es gab schließlich keine Garantie, daß sich das Bild im Fall nicht auf fatale Weise drehen würde. Nach und nach ließ sie in sämtlichen Zimmern die Möbel in die Mitte rücken. Fliegen waren ihr ein wahrer Greuel, und da Spinnen Fliegen fangen, durften nirgends die

Spinnweben entfernt werden. Fast am meisten fürchtete sie sich aber vor elektrischem Strom und erwartete daher, daß sämtliche Stecker aus den Steckdosen gezogen wurden, bevor die Hausbewohner abends schlafen gingen. Den Stecker an ihrer Nachttischlampe zog sie persönlich heraus. Wenn sie also nachts Licht machen wollte, mußte sie zuerst aufstehen und wieder einstecken. Aus diesem Grund stand auf dem Nachttisch immer eine Taschenlampe bereit sowie ein Kerzenleuchter, falls die Taschenlampenbatterie einmal nicht funktionierte.

Weniger verständnisvolle Hausgenossen hätten ihr das Leben bestimmt sehr schwer oder unglücklich gemacht (oder ihr diese neurotischen Zwänge ausgetrieben), doch Gwenda und Clive fanden ihre Ängste durchaus berechtigt. Zumindest Gwenda, und Clive schloß sich Gwendas Meinung an, so wie sie sich stets seiner Meinung anschloß, denn die beiden führten eine außerordentlich harmonische Ehe. Gwenda hielt Beatrix-Gibson für eine äußerst vernünftige und besonnene Frau.

»Immerhin ist das Haus noch nicht abgebrannt, stimmt's?« meint Gwenda. »Und, ehrlich gesagt –« diesen Ausdruck gebrauchte sie sehr häufig, und zwar oft wenn weder Wahrheit noch Aufrichtigkeit zur Debatte standen, »ist bisher auch noch niemand von einem Bild am Kopf getroffen worden.«

»Und sagen Sie, was Sie wollen«, fügte der loyale Clive hinzu, »Lebensmittelvergiftung war noch nie ein Thema.«

Dieses Streitgespräch ergab sich, als Beatrix Cooper Gibsons Sohn Alexander gegen die, wie er es nannte, »Übergeschnapptheit« seiner Mutter Protest erhob. Es werde immer schlimmer mit ihr, behauptete er. Sie war fünfundsiebzig und lebte vermutlich noch zehn Jahre, und wer weiß, was für weitere Ticks sie bis dahin noch entwickeln würde.

Es lag in Gwendas und Clives Interesse, Beatrix so lange wie möglich am Leben zu erhalten. Fünfundachtzig war doch kein Alter. Warum nicht fünfundneunzig – bis dahin könnten sie selbst in Rente gehen! Die Stelle bot ihnen eine einträgliche Pfründe, sie hatten eine hübsche Wohnung, einen Farbfernseher mit Videogerät, ein Bad mit Whirlpool, einen eigenen Mikrowellenherd, und wenn Beatrix darauf bestand, daß sie ihre eigenen Möbel auch in die Zimmermitte rückten, so war das überhaupt kein Problem. Es bewies doch nur ihre rührende Fürsorge und Zuneigung, die sie beide aus ganzem Herzen erwiderten. Sie brauchte nicht sehr viel Pflege, kerngesund war sie, die Gute, bemerkenswert für ihr Alter.

»Ehrlich gesagt«, meinte Gwenda, »es ist, als hätte man die eigene Mutter bei sich wohnen.«

Falls Alexander diese Bemerkung ärgerte – schließlich wohnten *sie* in *Beatrix'* Haus und nicht umgekehrt, ließ er es sich nicht anmerken. Er wies darauf hin, daß vor zwei Jahren im ganzen Haus neue Leitungen verlegt worden waren und daß der Zahnarzt seiner Mutter ihm versichert hatte, der für ihre Kronen verwendete Zahnzement könne nur mit der Zugkraft eines Kranbaggers bewegt werden.

»Wer weiß, was alles passieren kann«, sagte Clive und wurde für diese Bemerkung mit einem ermunternden Lächeln seiner Frau belohnt. Alexander sah genervt zur Decke. Die neueste Masche war, daß seine Mutter das ganze Haus mit einem dicken Hochflorteppichboden in verschiedenen Pastelltönen auslegen lassen wollte.

Irgendwo hatte sie gelesen oder gehört (oder es erfunden, dachte Alexander), daß dünnere Teppiche in dunklen Farben die Hitze und sogar einen gewissen Teil des Lichts verschlucken, ein heller Flor mit zentimeterlangen Fasern die Wärme dagegen aufnimmt und wieder abstrahlt. Die Vorstellung sei doch schrecklich, meinte sie, daß die ganze teure Wärme von der dünnen, dunklen Teppichfläche aufgesaugt wird und die Zimmer kalt und womöglich sogar feucht macht, was wiederum Erkältungen, Grippe, Bronchitis, Allergien, Katarrh, Lungenentzündung, Rippenfellentzündung und Hypothermie begünstigte. Sie beschwor das düstere Bild von einer dunklen, grünlich-braunen, enggewobenen, schimmelig-schlammigen Masse, die die ganze gesundheitsfördernde Zentralheizungswärme und das strahlende Sonnenlicht in sich aufsog, wie eine fleischfressende Pflanze Insekten.

»Das wird eine Stange Geld kosten«, sagte Alexander.

»Na und, ich verlange ja nicht, daß du es bezahlst.«

Es hätte ihm auch nicht viel ausgemacht, wenn sie es von ihm verlangt hätte, denn um Geld ging es gar nicht. Er besaß davon so viel wie sie, und wenn er seines auch selbst verdient hatte, während sein Vater ihr ihres hinterlassen hatte, so diente es doch in beiden Fällen ausschließlich dem löblichen Zweck, das Leben so angenehm wie möglich zu gestalten. Es aber für einen gräßlichen, anämisch anmutenden Fußbodenbelag zu verpulvern und dafür Dutzende Quadratmeter von feinstem Wilton herauszureißen ...!

»Mein Entschluß steht fest, Alexander. Ich mache mir darüber solche Sorgen, daß ich nachts nicht mehr schlafen kann. Ich liege wach und muß an die schöne Wärme denken, die durch die Fußböden abzieht.«

»Dann nimm die Schlaftabletten, die der Arzt dir verordnet hat«, entgegnete Alexander.

»Ach ja, natürlich«, versetzte seine Mutter höhnisch, »damit ich so tief schlafe, daß ich an meinen eigenen Zähnen ersticke.«

Einen Monat später kamen die Teppichleger und rissen den schokoladenbraun, olivgrün und karminrot gemusterten Wilton heraus. Beatrix erzählte ihnen, der Teppich habe nicht bloß zehn Jahre Heizwärme, sondern auch Abermillionen von Mikroben geschluckt, und sie sollten ihn mitnehmen und entsorgen. Der Vorarbeiter nahm ihn mit nach Hause, ließ ihn reinigen und legte damit seine ganze öffentlich geförderte Doppelhaushälfte aus.

Dann wurde der Hochflor in Krevettenrosa, Albinoweiß, Mausgrau und Maismehlgelb entrollt. Beatrix maß die Florhöhe mit dem Lineal ab und fand deren Länge von anderthalb Zoll akzeptabel. Der Vorarbeiter behauptete zwar, es seien vier Zentimeter, doch Beatrix ließ sich nicht beirren. Es dauerte Tage, bis im ganzen Haus der Teppich verlegt worden war, denn Beatrix behinderte die Arbeiten, indem sie die Handwerker dauernd dazu anhielt, die Möbel nicht zu dicht an die Wände zu rücken und die Spinnweben nicht zu berühren.

»Ach, ist das nicht wunderschön!« Gwenda klatschte begeistert in die Hände. »Finden Sie diese Pastelltöne nicht hübsch?« Alexander meinte, der Teppich entspräche nicht gerade seinem Geschmack, und seine Schwester Julia bemerkte, er sei viel schwerer sauberzuhalten.

»Ehrlich gesagt«, meldete sich Gwenda zu Wort, »wenn ich mir die Bemerkung erlauben darf, dann lassen Sie das mal meine Sorge sein. Offen gestanden habe ich Mrs. C-G zu diesem hübschen Teppichboden geraten, und es tut mir kein bißchen leid. Hell und freundlich sollte man es haben, wenn man zwar nicht an Jahren, so doch im Herzen jung geblieben ist.«

Alexander hätte es vielleicht dabei bewenden lassen, denn die Sache war nun mal geschehen. Wenn der neue Teppich auch eher zu postmoderner Einrichtung oder Bauhaus-Möbeln, zu Glaswänden und Marmordecken gepaßt hätte als zu den frühviktorianischen *Chaiselongues*, Familienporträts und Aquarellen – es war schließlich ihr Haus und ihre Entscheidung. Julia hingegen konnte ihre Gefühle weniger in Zaum halten. Ihr Mangel an Selbstbeherrschung war schuld, daß sie Beatrix seltener besuchte als ihr Bruder.

»Entschuldige, aber ich finde ihn absolut scheußlich und total unpassend.« Julia war etwas snobistisch. »Er sieht aus wie die Dinger, die schlecht bezahlte Arbeiter in ihren Sozialwohnungen herumliegen haben.« So beispielsweise auch der Vorarbeiter, der diesen Zustand jedoch umgehend beendet hatte, als etwas Hochwertigeres zur Verfügung stand. »Tut mir leid, aber ich finde es diesem hübschen alten Haus gegenüber einfach unfair.«

Gwenda mißfiel die Anspielung auf die Arbeiterklasse, zu der sie auch gehörte. Sie hatte für »Miss Clever«, wie sie sich Clive gegenüber ausdrückte, »nichts übrig«. Doch wie immer, wenn »die Familie« vollzählig versammelt war, stand sie in der unterwürfigen Pose einer Hausangestellten daneben, die Hände *zusammengelegt*, den Kopf leicht geneigt. Ein sanftes, resigniertes Lächeln umspielte ihre Lippen, während ihr Blick anerkennend über den Hochflorteppich schweifte, der in diesem Zimmer die Farbe von knusprig gerösteten Cornflakes hatte. Ein Seitenblick auf Beatrix war unnötig, denn sie wußte, daß diese die Kritik nicht einfach einstecken oder Vorwürfe mit einem Schulterzucken abtun würde.

»Was hast du gesagt?« begann Beatrix ihren Gegenangriff.

»Ach, Mamma, du hast es genau gehört. Du weißt, was ich gesagt habe.«

»Ich weiß nur, daß du dich hier zur Richterin über guten Geschmack und Expertin in gesellschaftlichen Schichten aufschwingen willst.«

Beatrix lächelte und stellte dabei ihre wohlverankerten Kronen zur Schau. Sie nahm kein Blatt vor den Mund. »Da bist du ja genau die Richtige! Wenn man bedenkt, in was für einer Stadtrandscheußlichkeit du mit diesem Bankangestellten wohnst.«

»Bertie ist kein Bankangestellter, sondern Abteilungsleiter«, erwiderte Julia.

»Wen schert das denn? Mich interessiert an dem Kerl nur eins, nämlich wieso ein so langweiliger und altmodischer Mensch es eigentlich nicht fertigbringt und dich endlich heiratet.« »Still jetzt, du alte Giftnudel!«

»Entschuldigen Sie, ich fürchte, ich störe«, sagte Gwenda. »Außerdem habe ich schrecklich viel zu tun.«

»Sie bleiben, wo Sie sind, Gwenda. Wir brauchen eine Zeugin für dieses Benehmen. Und du, Alexander, du stehst einfach da und läßt es zu, daß deine Schwester so mit mir redet!«

»Wenn es dir nicht paßt, wie ich bin«, sagte Julia, »dann faß dich an deine eigene Nase. Du bist schließlich meine Mutter.« »Ja, allerdings. Und mein größter Fehler war, dich auf die Welt zu bringen. Das war der schlimmste Tag meines Lebens! Und jetzt entschuldigst du dich. Ich lasse mir diesen Ton nicht mehr bieten – in meinem eigenen

Wohnzimmer! Ich möchte nur wissen, wie dir zumute ist, wenn ich einmal nicht mehr bin und du erfährst, daß ich dieses ›hübsche alte Haus‹ anderen Leuten vermacht habe.«

Es war das übliche. Jedesmal, wenn Julia auf Besuch kam, drohte Beatrix damit, ihr Testament zu ändern. Bisher hatte sie es noch nicht getan, und Julia hatte sich auch nie entschuldigt oder sich eines anderen Tons befleißigt, sondern war einfach wutschnaubend aus dem Haus gegangen, um zwei oder drei Monate später wieder aufzutauchen, als ob nichts gewesen wäre. Auch diesmal war es nicht anders und hätte vielleicht auch keine weiteren Konsequenzen gehabt, wenn Julia nicht bereits nach einer Woche mit Alexander wiedergekommen wäre.

Gwenda empfing die beiden an der Haustür. Ihr Sohn hatte keinen eigenen Schlüssel zu dem Haus, weil Beatrix das nicht wollte.

Gwendas Gesichtsausdruck strafte ihre Gefühle Lügen, er spiegelte Erstaunen über »Miss Clevers« rasche Wiederkehr und vielleicht Vorfreude auf erneuten Streit und Hader. Beatrix beachtet ihre Tochter gar nicht, sondern wandte sich gleich an Alexander. Sie informierte ihn über die neueste Gefahr, die von den giftigen Strahlen aus dem Videorecorder ausging, wenn Kassetten öfter als zehn Mal verwendet wurden. Die magische Zahl war zehn. Danach, behauptete sie, fänden gewisse chemische Prozesse statt, und zwar nicht auf dem Band selbst, sondern in der schwarzen Plastikkassette, die es enthielt. Dabei werde eine unsichtbare, aber schädliche Strahlung, beziehungsweise ein Gas, über den Fernsehbildschirm verströmt. Sie habe Clive losgeschickt, er solle sämtliche Videokasseten ersetzen und die alten verbrennen.

Alexander sagte, das sei aber weit hergeholt. Seine Schwester rümpfte die Nase wie über einen unangenehmen Geruch und sagte – allerdings nicht in bezug auf die giftigen Videokassetten – sie habe mit einer ihrer Freundinnen, einer ausgezeichneten Physikerin, über »Beatrix und ihre Neurosen« gesprochen. Von ihr habe sie erfahren, es sei ein Ammenmärchen und absoluter Quatsch, daß dunkle Teppiche Wärme aufsaugten. »Frauen sollten nicht Physikerinnen werden«, sagte Beatrix, »sondern zu Hause bleiben und sich um die Kinder kümmern. Am chaotischen Zustand dieser Welt sind meiner Meinung nach die berufstätigen Frauen schuld.«

»Sie hat gar keine Kinder.«

»Das überrascht mich nicht. Bestimmt sind ihre Fortpflanzungsorgane vergiftet, bei der Arbeit, die die macht. Oder jedenfalls so tut, als ob.«

»Wenn man dich reden hört«, sagte Julia, »könnte man meinen, du hättest ein Dutzend Kinder gekriegt, statt nach zwei schon aufzuhören. Was ist denn mit deinen Fortpflanzungsorganen passiert? Oder warst du bloß so egoistisch, daß du keine mehr wolltest?«

»Ich gehe dann jetzt in die Küche und sehe nach meinem Schmorbraten«, sagte Gwenda, machte aber keine Anstalten zu gehen.

»Sie bleiben bitte da, wo Sie sind«, entgegnete Beatrix. »Das ist doch die Höhe. Diesmal ist sie aber zu weit gegangen. Haben Sie so etwas schon erlebt, Gwenda, daß eine junge Frau in einem derartigen Ton mit ihrer Mutter redet?«

»Ach, lassen Sie mich bitte aus dem Spiel, Mrs. C-G. Ich bin nur eine Hausangestellte. Ich würde mir nie ein Urteil erlauben.« »Ich höre es Ihnen doch an, Gwenda. Sie kön-

nen es nicht verbergen. Ich höre doch, wie loyal Sie zu mir
stehen. Ich erkenne doch Ihr ganzes natürliches und tief-
empfundenes Mißfallen.« Für eine Fünfundsiebzigjährige
besaß Beatrix eine außerordentlich kräftige Stimme, die
sie nun zu voller Lautstärke erhob. »Verschwinde sofort
aus meinem Haus!«

»Wenn ich gehe«, sagte Julia, »komme ich nie wieder.«

»Das will ich auch schwer hoffen. Mir fällt ein Stein
vom Herzen, wenn ich dich nicht mehr sehen muß. Und
wir sehen uns am Dienstag, Alexander.«

Und das taten sie. Doch in der Zwischenzeit hatte
Beatrix das Testament geändert. Gwenda brachte ihr das
Mobiltelefon, sie rief Mr. Webley an und lud ihn zum
Mittagessen ein. Er kam gleich am Montag. Clive, der das
Kochen übernahm, wenn Gäste kamen, machte *mozza-
rella tricolore*, Hühnchen à la King und eine *Charlotte
Russe*, denn sowohl Beatrix als auch ihr Anwalt wußten
gutes Essen zu schätzen. Als sie beim Kaffee waren und
Beatrix – jedoch nicht Mr. Webley, da er noch fahren
mußte – sich dazu ein Gläschen genehmigte, nahm der
Anwalt seinen Schreibblock aus der Aktenmappe und
notierte die Wünsche seiner Klientin: nicht einen Hosen-
knopf (ihre Worte) für Julia, einen symbolischen Betrag für
Alexander und alles andere für Clive und Gwenda.

Mr. Webley machte ein paar zaghafte Einwände.

»Wenn Sie dann fertig sind«, erwiderte Beatrix, »denken
Sie vielleicht wieder daran, daß es mein Geld ist.«

Das Testament wurde aufgesetzt und Beatrix zur Ge-
nehmigung übersandt. Dies geschah zwar nicht zum ersten Mal, obwohl es früher verschiedene Begünstigte gegeben hatte und das neue Testament jedesmal zerrissen
oder zumindest nicht an Mr. Webley zurückgeschickt

worden war. Das alte Testament, demzufolge Alexander und Julia alles erbten, behielt weiterhin seine Gültigkeit. Doch diesmal hatte Beatrix es ernst gemeint. Sie las das Testament aufmerksam durch, rief dann Gwenda zu sich und sagte ihr, sie brauche zwei Zeugen.

»Das machen Clive und ich doch gern für Sie«, schwindelte Gwenda. Sie saß wie auf Kohlen.

Beatrix warf ihr einen vielsagenden Blick zu. »Das geht aber nicht«, meinte sie. »Vielleicht könnten Sie schnell zu Lady Huntly hinüber und fragen, ob sie so nett ist und auf ein Glas Sherry vorbeischaut. Ach ja, Gwenda, und falls Brian noch mit der Eibischhecke beschäftigt ist, möchte er auch hereinkommen. Sorgen Sie dafür, daß er sich vorher die Hände wäscht.«

Lady Huntly war die Witwe eines Landrats und Vertreters der Krone in der Grafschaft, der wegen seiner großzügigen Geldspenden an die Konservative Partei zum Ritter geschlagen worden war. Sie war eine muntere alte Dame mit knallrot geschminkten Lippen und blaulockiger Perücke. Beträchtliche Geldsummen waren übriggeblieben, die es ihr gestatteten, gegenüber in dem großen, mit Türmchen versehenen Haus im Stil King Edwards zu wohnen, einen BMW zu fahren und jedes Jahr einen Teil des Winters in Fort Lauderale zu verbringen. Ihre Hauptbeschäftigung war der Gesellschaftstanz, dem sie sich drei Nachmittage pro Woche widmete, begleitet von einem alten Herrn, der vor ihrer Begegnung mit dem Landrat ihr Freund gewesen war. Beatrix mochte Lady Huntly, weil diese immer ein offenes Ohr für ihre Ängste hatte und ihre Befürchtungen über giftige Videokassetten und das Verschlucken von Zähnen, im Falle von Lady Huntly eines künstlichen Gebisses, bis zu einem gewissen Grad teilte.

Der Gärtner Brian Gospel war Sänger in einer Country-Band und hieß mit richtigem Namen Gobbett. Zwischen seinen Auftritten mähte er bei Beatrix den Rasen und stutzte ihre Hecken. Julia riet ihrer Mutter zur Vorsicht; sie sei hoffentlich gegen alle Eventualitäten versichert, denn Brian leide unter Veitstanz, man brauche sich bloß seine Zuckungen anzusehen. Es sei doch bestimmt gefährlich, ihn mit der Heckenschere hantieren zu lassen. Sie nahm Beatrix die Behauptung nicht ab, er ahme mit der Bewegung nur eine unter die Achsel gehaltene Gitarre nach. Er war dreiundzwanzig Jahre alt, groß, dunkel und auf eine sexy Art häßlich.

Diese beiden Leute führte Gwenda nun zur Testamentsbezeugung herein.

»In Gegenwart der Erblasserin und beider Zeugen«, sagte Gwenda, die diese Anweisungen aus einem Faltblatt auf der Bürgerberatung hatte.

Sie dachte immer noch, Beatrix könnte es sich noch einmal anders überlegen, und blieb mit verschränkten Armen und geneigtem Kopf dastehen und hielt die Luft an. Beatrix unterschrieb. Lady Huntly unterschrieb mit ihrem eigenen Mont-Blanc-Füllfederhalter. Nachdem Brian unterschrieben hatte, fragte er, ob die Damen vielleicht Lust hätten, zu einem nostalgischen Abend mitzukommen und bei Merle Haggards größten Hits mitzusingen. Lady Huntly klimperte mit ihren künstlichen Wimpern und erklärte, sie würde es sich überlegen und ließ sich, nachdem Brian wieder zu seiner Hecke hinausgegangen war, mit Beatrix zu einem großen Glas Oloroso nieder.

Überglücklich sagte Gwenda in der Küche zu Clive, diesmal hätten sie es geschafft. Sie würde das Testament zur Post bringen, damit es bei der Leerung um halb sechs mitkam.

»Ich könnte auch in die Stadt fahren und es bei Webley in den Briefkasten werfen.«

»Wir wollen doch auf keinen Fall Aufmerksamkeit erregen«, erwiderte Gwenda. Sie umarmte ihn, gab ihm einen leidenschaftlichen Kuß und nahm das Testament mit, um es um zehn nach fünf unten an der Ecke in den Briefkasten zu werfen. Doch am nächsten Morgen wünschte sie, sie hätte Clives Rat befolgt. Noch nie war sie so aufgeregt gewesen. Und wenn jetzt ein Postraub passiert war? So etwas kam doch vor. Oder ein bösartiger Postbote hatte vergessen, was er dem Postamt und der Öffentlichkeit schuldig war, und einen Teil des Briefkasteninhalts gestohlen, weil er hoffte, in den Briefen ein paar Fünfpfundscheine zu entdecken? Zwei Stunden hielt sie es aus, dann rief sie Mr. Webley an. Mrs. Cooper-Gibson, sagte sie, wolle unbedingt wissen, ob das Testament gut angekommen sei. Ja, natürlich, er halte es gerade in Händen, antwortete Mr. Webley und hörte sich nicht sehr erfreut, sondern ziemlich argwöhnisch an.

Gwenda wünschte, sie hätte nichts gesagt. Was geschah, wenn er Beatrix davon erzählte? Würde sie ihr Testament wieder ändern? Ach, diese Scham und Schande! Nachmittags kam Alexander und lamentierte herum, er wünschte sich so sehr, seine Mutter und seine Schwester würden sich besser verstehen. Dabei ließ er anklingen, daß hauptsächlich seine Mutter schuld daran wäre. Hatte sie eigentlich schon einmal mit dem Gedanken gespielt, eine Psychotherapie zu machen oder sich sonst beraten zu lassen? Beatrix schickte ihn weg, sie sei müde und habe es nicht nötig, sich in ihrem eigenen Haus

Moralpredigten anhören zu müssen. Nachdem sie ihn buchstäblich aus der Haustür geschoben hatte, lehnte sie sich an die Wand und stampfte mit dem Fuß auf. Als sie erst mit dem einen, dann mit dem anderen schwerbeschuhten Fuß aufstampfte, fiel ein großes, goldgerahmtes Ölgemälde von der Wand und traf sie an Hals und Rücken.

Ihre schlimmsten Befürchtungen hatten sich bewahrheitet. Beatrix schrie nach Gwenda. Sie war zwar nur leicht verletzt, aber sehr erschrocken. Ihre Ängste waren echt gewesen – und dann doch wieder nicht, sie ähnelten jenen, die den unter einer unbestimmten Angst Leidenden nachts aufwecken, am Tag jedoch kaum mehr als exzentrisch wirken, abergläubische Gebote, die bei Nichtbefolgen ein Unglück herbeiführen könnten; weshalb also sollte man sie nicht befolgen? Doch nun hatte dieser Vorfall sie bestätigt, hatte *Beatrix* bestätigt. Gwenda bot an, den Arzt zu rufen.

»Den will ich nicht«, sagte Beatrix. Bei seinem letzten Besuch hatte sie ihn zu Gwenda sagen hören, ihre Probleme »bildet sich die gute alte Seele doch bloß ein«.

»Na, soll ich mir mal Ihren Rücken ansehen, Mrs. C G?«

»Nein, lassen Sie mich in Ruhe. Jetzt, wo es passiert ist, werde ich kein Auge mehr zutun. Und wenn, dann durchlebe ich nur den Alptraum wieder, daß das Bild auf mich herunterfällt.« Das Bild, ein Porträt von Beatrix' Großvater im Cutaway mit einer Art Amtskette um den Hals, wurde von Clive genau untersucht, der dabei feststellte, daß die Schnur völlig ausgefranst war. Im ganzen Haus hingen bestimmt dreißig oder vierzig Bilder von gleicher Größe und gleichem Gewicht – wenn auch nicht alle mit einem dermaßen unattraktiven Motiv –, und Beatrix behauptete, sie könne erst wieder schlafen, wenn sie sicher sei, daß alle Aufhängschnüre erneuert worden waren. Obwohl es bereits halb zehn Uhr abends war, machte sich Clive unverzüglich ans Werk. Beatrix sagte: »Vielleicht ist es sehr unvernünftig von mir, Gwenda, aber ich werde jetzt eine Schlaftablette nehmen.«

»Sie haben ganz recht«, erwiderte Gwenda. »Schließlich stehen die Chancen etwa eins zu zehntausend, daß sich Ihre Kronen lockern und Ihnen im Hals steckenbleiben.«

»Damit kenne ich mich nicht aus. Ich bin ja kein Wettbüro. Im übrigen würde ich die Wahrscheinlichkeit, wie Sie wissen, normalerweise viel höher einschätzen, wenn ich nicht vorhin von dem Bild getroffen worden wäre.«

»Wie bitte?«

»Na, zweimal hintereinander wird der Blitz wohl nicht einschlagen, oder? Es ist doch so gut wie ausgeschlossen, daß erst ein Bild auf mich herunterfällt und mir dann die Zähne im Hals steckenbleiben. Genausowenig wie ich heute abend riskiere, von einer defekten Stromleitung verbrannt zu werden!«

»Wenn Sie meinen«, sagte Gwenda zweifelnd, holte die Schlaftabletten und brachte sie Beatrix mit ihrem heißen Abendtrunk. Um Viertel nach elf hatte Clive an zweiundzwanzig Bildern die Aufhängungen erneuert. »Na, für heute mache ich Schluß«, sagte er zu seiner Frau. »Genug ist genug.«

»Siehst du bitte noch die Steckdosen nach?«

Er tat es und kam kurz vor Mitternacht endlich in sein Bett. Gwenda umarmte ihn im Schlaf. Unten im vorderen großen Schlafzimmer mit dem neuverlegten muschelrosa Hochflorteppich lag Beatrix in ihrem Bett gefährlich nah am Rand. Das Medikament entfaltete eine starke Wirkung, denn sie hatte in ihrem ganzen Leben erst zweimal ein Schlafmittel genommen. Reglos und völlig entspannt lag sie da – wie tot. Trotzdem mußten im Tiefschlaf ein paar unmerkliche Bewegungen aufgetreten sein; ein imaginärer Beobachter hätte bemerkt, daß sie in der vergangenen Stunde von der Mitte des Himmelbetts etwa fünfzehn Zentimeter an den Rand gerutscht war. Eine halbe Stunde nach Mitternacht war sie schon um dreiundzwanzig Zentimeter weitergerückt. Um Viertel nach eins balancierte sie fast am Rand.

Die Laken waren wie immer nicht untergeschlagen. Auch in der Hinsicht hatte Beatrix eine Phobie. Sie behauptete steif und fest, ihr Alptraum, in dem sie mit einer Schlange und einem Affen in einen Sack eingenäht in den Bosporus geworfen wurde, stamme mit absoluter Sicherheit von untergeschlagenen Bettlaken. Also hingen Bettuch und Decke lose herunter, während die Steppdecke ans andere Bettende gerutscht war. Beatrix' Arm hing über die Kante. Ihr linkes Bein rutschte langsam über den Rand, und allmählich gesellte sich auch das rechte Bein dazu. Obwohl sie tief und fest schlief, schwenkte sie ihren rechten Arm, wie um den Fall aufzuhalten, rutschte aber trotzdem nach vorn und purzelte zu Boden.

Mit dem Gesicht nach unten lag Beatrix auf dem weichen, langhaarigen rosafarbenen Teppich. Wäre sie langsam rückwärts über das Bett gerutscht, so wäre sie in Rückenlage gelandet und hätte sich wahrscheinlich wieder erholt. Doch so lag sie tief schlafend mit dem Gesicht nach unten, und der dichte Flor drückte sich ihr auf Nase und Mund, bis sie erstickte.

Innerhalb einer halben Stunde war sie tot. Der Uhr nach war es kurz vor zwei.

Als Gwenda um neun ins Schlafzimmer trat, rief sie wie immer laut und vernehmlich: »Guten Morgen, Mrs. C-G«, doch der Ausruf verwandelte sich rasch in einen Schreckensschrei. Ihr erster Gedanke war, daß nun Beatrix' schlimmste Befürchtungen eingetroffen waren und sie ihre Zahnkronen verschluckt hatte. Dies sagte sie dem Arzt, der ihre Worte mit Argwohn, wenn nicht Entrüstung quittierte, denn inzwischen hatte er die Schürfwunde an Beatrix' Nacken gesehen.

Der von der Polizei herbeigerufene Pathologe entdeckte auf Beatrix' Rücken weitere Schürfwunden. Gwenda wurde verhört. Sie erzählte dem Detective Inspector von dem Bilderrahmen, der auf Beatrix heruntergefallen war, und fügte hinzu, daß die Aufhängeschnur ausgefranst gewesen sei. Als man davon keinerlei Spuren entdeckte, erklärte Clive, daß er nicht nur die Aufhängung am Porträt von Beatrix' Großvater, sondern auch an einundzwanzig weiteren Gemälden im Haus erneuert hatte. Der Inspector schien dies sehr seltsam zu finden, besonders als Alexander ihm sagte, er wisse überhaupt nichts von dem Vorfall. Die Angst vor einem Unfall sei Teil ihrer Neurose und ohne Bezug zur Wirklichkeit.

Der Argwohn verstärkte sich noch, als der Inhalt des Testaments bekannt wurde. Das Schriftstück selbst trug das vorgestrige Datum. Darin wurde verfügt, daß Beatrix' gesamtes Vermögen, ihr Haus, ihre Aktien sowie eine riesige Geldsumme auf Clive und Gwenda übergehen sollten. Die gerichtliche Untersuchung der Todesursache wurde vertagt, solange die Polizei weitere Ermittlungen anstellte.

Lady Huntly erzählte dem Inspector von ihrer überraschten Reaktion, als man sie zur Testamentsbezeugung gerufen hatte. Gwenda sei mit unbotmäßiger Hast über die Straße geteilt, als gehe es um Leben oder Tod, was zweifellos der Fall war. Natürlich habe sie gemerkt, woher der Wind wehte, sobald klar war, daß weder Clive noch Gwenda als zweite Zeugen vorgesehen waren. Als sich der Inspector mit Brian unterhielt, erfuhr er von diesem, daß er noch nie vorher im Haus gewesen war und das Ansinnen sicher abgelehnt hätte, wenn Gwenda ihn nicht angefleht hätte, »mir diesen kleinen Gefallen zu tun, bevor die alte Schnepfe es sich anders überlegt.«

Mr. Webley erwähnte sein Erstaunen, daß keine fünf Minuten nach Eintreffen des Testaments ein Anruf von Gwenda gekommen war. Mrs. Cooper-Gibson, so erklärte er, habe in der Vergangenheit oft eine Testamentsänderung erwogen, und der Vorgang sei jedesmal bis zum Aufsetzen eines Entwurfs gegangen, oder es sei sogar ein fertiges Testament zur Unterschrift übersandt worden. Doch weiter sei die Sache dann nicht betrieben worden.

Julia hatte die Absicht, das Testament anzufechten. Zumindest behauptete sie das. Der Hochflorteppich sei auf Gwendas Anregung hin verlegt worden, sagte sie dem Inspector. Ihre Mutter hätte sich nie von dem Wilton getrennt, wenn Gwenda und Clive nicht diesen unguten Einfluß auf Beatrix gehabt hätten. Man konnte sich doch gut vorstellen, daß die zwei Beatrix überredet hatten, auf ihre lebenslange Angewohnheit zu pfeifen und eine Schlaftablette zu nehmen, die Bewußtlose dann vom Bett auf den Fußboden gerollt und sie so lange mit dem Gesicht in den Teppich gedrückt hatten, bis sie erstickt war. Waren die Prellungen denn nicht der Beweis für Mißhandlungen – was wollte die Polizei eigentlich noch?

Tagtäglich wurden Gwenda und Clive verhört. Sie wohnten weiterhin in Beatrix' Haus, das jetzt ihnen gehörte. Ihre Wohnung wurde wiederholt durchsucht und genau unter die Lupe genommen, ihre Sachen wurden geprüft und fotografiert, es wurden Proben entnommen und auf rosa Fasern untersucht, die eventuell vom Fußboden in Beatrix' Schlafzimmer zu ihnen in die Wohnung gelangt waren. Nie erfuhren sie, ob derartige Fasern gefunden worden waren. Mittlerweile verdächtigten sie sich gegenseitig, wurden höflicher und rücksichtsvoller zueinander, hatten sich aber weniger zu sagen.

Julia rief jeden Tag bei der Polizei an oder schrieb Briefe, in denen sie Gwendas angebliche Bemerkungen über Beatrix' Gesundheitszustand zitierte, über die Höhe ihrer Einkünfte und die Wahrscheinlichkeit ihres Todes durch Unfall. Nachdem sie fünfunddreißig derartige Briefe verfaßt hatte, erlitt sie einen Nervenzusammenbruch, kam in eine psychiatrische Klinik und gab ihre Testamentsanfechtung auf.

Alexander heiratete. In Verbindung mit seiner Mutter hatte er sich eine Ehefrau nie vorstellen können.

Manchmal verbrachte Clive die Nacht in einer Zelle auf dem Polizeirevier. Dort kannte man ihn inzwischen schon, tat ihm einen Tropfen Whisky in den abendlichen Kakao und gab ihm eine zusätzliche Decke. Vom Gesetz her war es jedoch untersagt, ihn länger als vierundzwanzig Stunden festzuhalten. Gwenda brachten sie manchmal durch die Frage zum Weinen, weshalb sie nicht endlich gestehen und ihnen dadurch eine Menge Zeit und Kosten ersparen würde.

»Wir geben die Sache nie auf«, sagte der Detective Inspector, »und wenn wir zwanzig Jahre brauchen.«

Lady Huntly weigerte sich, mit Gwenda und Clive zu sprechen. Sie und ihr Tanzpartner straften die beiden mit Nichtachtung und gingen stets hocherhobenen Hauptes an ihnen vorbei. Und alle Nachbarn taten es ihnen nach. Mr. Webleys Geschichte, wie ihm die berüchtigten Teppichmörder *mozzarella tricolore,* Hühnchen à la King und *Charlotte Russe* serviert hatten, trug ihm zahllose Essenseinladungen ein, auf denen er dieses Abenteuer immer wieder zum besten gab.

Das ging etwa ein Jahr lang so weiter. Inzwischen schliefen Gwenda und Clive in getrennten Betten. Gwenda behauptete, sie könne nicht schlafen, wenn einer neben ihr Alpträume hatte und nachts manchmal laut schreiend aufwachte. Deine eigenen Träume sind auch nicht besonders appetitlich, sagte Clive und zog ins Gästezimmer um.

Brian ging mit seiner Band nach Nashville. Im Rahmen der Pauschalreise besuchten sie auch Graceland und Disneyworld, aber eigentlich hofften sie, entdeckt zu werden. Während seines Aufenthalts in den Vereinigten Staaten las er eine Zeitungsmeldung, welche die Polizei zu Hause bestimmt interessieren würde. Es ging darin um eine wohlhabende texanische Witwe aus Beach City, die erstickt aufgefunden worden war. Auch sie war aus dem Bett gefallen und dann im Hochflorteppich erstickt. »Nach zehnmonatigen Ermittlungen«, hieß es in der Zeitung, »wurde auf Tod durch ungewöhnliche Umstände erkannt.«

Die gerichtliche Untersuchung zur Ermittlung der Todesursache wurde wieder aufgenommen und das Urteil »Unfalltod« gefällt. Die Nachbarn straften Gwenda und Clive weiterhin mit Nichtachtung. Alexanders Frau bekam ein Baby. Julia wurde aus der Klinik entlassen und schrieb Gwenda einen langen Brief, in dem sie sich für die Unterstellungen entschuldigte und vorschlug, die ehemalige Wohnung der beiden zu einer symbolischen Miete zu übernehmen. Bertie, der Bankabteilungsleiter, hatte sie verlassen und war nach Hongkong gegangen. Mr. Webleys Partner warnte den Anwalt, die Geschichten, die er über die vergiftete *Charlotte Russe* und die regelmäßig nach dem Besuch bei Beatrix auftauchenden Magenbeschwerden verbreitete, könnten womöglich den Tatbestand der Verleumdung erfüllen.

Clive und Gwenda verkauften das Haus und zogen weg. Einen Großteil der Möbel verkauften sie ebenfalls, doch das Porträt von Beatrix' Großvater in Cutaway und Amtskette behielt Clive als Erinnerung. Gwenda behielt den Videorecorder, der sie an glücklichere Tage erinnerte, als sie noch ein Paar gewesen waren und das Haus mit einer Frau geteilt hatten, die ihnen wie eine Mutter gewesen war. Sie hatten sich getrennt. Ihre Ehe, die ein Vierteljahrhundert lang glücklich gewesen war, war zerrüttet.

»Jetzt mal ehrlich gesagt«, meinte Gwenda und verwendete den Ausdruck diesmal korrekt, »hast du sie denn umgebracht?«

»Du weißt doch, daß ich's nicht war«, erwiderte Clive. »Ich war im Bett bei dir und habe geschlafen. Und du bei mir.« Er überlegte einen Augenblick. »Oder etwa nicht?«

»Das weißt du doch, Clive.«

»Du hättest sie genausogut umbringen können wie ich.«

»Ich habe es aber nicht getan.«

»Das sagst du«, meinte Clive.

»Du auch.«

Clive kaufte sich einen Bungalow mit sieben Zimmern auf der Isle of Wight und Gwenda einen Bauernhof aus dem siebzehnten Jahrhundert in Shropshire. Doch ihr Ruf eilte ihnen voraus, und sie wurden von den Einheimischen geschnitten. Trotzdem, schrieb Gwenda als Antwort auf Julias Weihnachtskarte, hatte es, ehrlich gesagt, durchaus etwas für sich, unglücklich aber im Luxus zu leben.

GOLDMANN

Der Krimi-Verlag

Die Lords und Ladies bitten zum Mord.
Psychologische Raffinesse, unvergeßliche Charaktere
und Spannung bis zur letzten Seite – ein Lesevergnügen
der besonderen Art.

Elizabeth George,
Mein ist die Rache   5883

Batya Gur, Denn am Sabbat
sollst du ruhen   5887

Staynes & Storey,
Faule Haut   5890

Andrew Taylor,
Dunkle Verhältnisse   5916

Goldmann · Der Taschenbuch-Verlag

GOLDMANN

Bestseller

Tom Clancy und Sidney Sheldon, Utta Danella
und Danielle Steel, Heinz G. Konsalik und
Marie Louise Fischer, Colleen McCullough und Gillian Bradshaw,
Charlotte Link und Irina Korschunow –
internationale Weltbestseller garantieren Spannung und
Unterhaltung auf höchstem Niveau.

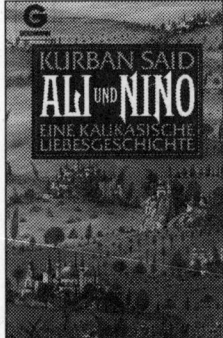

Kurban Said,
Ali und Nino   41081

Lynne McFall, Die einzig
wahre Geschichte der Welt 41286

Lawrence Ferlinghetti, Die Liebe in
den Stürmen der Revolution 9587

Akif Pirinçci, Tränen sind
immer das Ende   6380

Goldmann · Der Bestseller-Verlag

GOLDMANN

Frauen lassen morden

*»Marlowes Töchter« (Der Spiegel) schreiben
Spannung mit Pfiff, Intelligenz und dem sicheren
Gefühl dafür, daß die leise Form des Schreckens
die wirkungsvollere ist.*

Liza Cody,
Doppelte Deckung   41493

Deidre S. Laiken,
Blutroter Sommer   42260

Elizabeth George,
Gott schütze dieses Haus   9918

Ruth Rendell,
Die Brautjungfer   41259

Goldmann · Der Taschenbuch-Verlag

GOLDMANN

Frauen lassen morden

*»Marlowes Töchter« (Der Spiegel) schreiben
Spannung mit Pfiff, Intelligenz und dem sicheren
Gefühl dafür, daß die leise Form des Schreckens
die wirkungsvollere ist.*

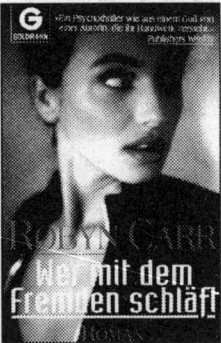

Robyn Carr, Wer mit dem
Fremden schläft   42042

Melodie Johnson Howe,
Schattenfrau   41240

Doris Gercke, Weinschröter,
du mußt hängen   9971

Ruth Rendell,
Die Werbung   42015

Goldmann · Der Taschenbuch-Verlag

GOLDMANN

Tödlich. Teuflisch. Erotisch.

Die neue Generation des Horrors. Nancy A. Collins.
Douglas Clegg. Peter James. Richard Laymon. Originell
und anspruchsvoll, grell und provokativ, psychologisch
präzise und atemabschnürend realistisch.

David Wiltse,
Der Wille zu töten   8111

Nancy A. Collins, Der Todeskuß
der Sonja Blue   8103

Douglas Clegg,
Nimmerland   8113

Robert Vito, Das große Horror-
Lesebuch II   42019

Goldmann · Der Taschenbuch-Verlag